ハイランド・クリスマス

A Highland Christmas

M.C.ビートン
M.C. Beaton
松井光代〈訳〉
MATSUI Mitsuyo

文芸社

ハイランド・クリスマス

第一章

毎年クリスマスを海外で過ごす人は増える一方だ。この人類愛の季節を祝うのに、英国航空はチケットの値段を一人当たり百四ポンドも上乗せしているが、それでも空港は大混雑。

大勢の人々がクリスマスから逃れようとしている。

十月から始まるクリスマス商戦にうんざり、鳴り響くクリスマス・キャロルにうんざり。送り忘れた人からクリスマスカードが届くのが怖い。いつものようにメアリーおばさんちの親戚の集まりに行って、パンチを飲みすぎ、部屋の隅っこで吐くなんてことにはもう耐えられない。空港で目にするのは、そういうものを全部置き去りにしてきた人々の勝ち誇ったような目の輝きだ。「三十四丁目の奇蹟」の再放送を観るのは百回目なんてことも含めて。

だが、スコットランドの極北の地サザーランドのロックドゥには置き去りにするものなど何もない。クリスマスは今年も、これまでどの年もそうだったように、ロックドゥにはやって来ない。身を切るような風に背を丸めて湖岸を歩きながら、ヘイミッシュ・マクベスは憂鬱な気持ちで思う。

ロックドゥにはクリスマスを快く思わないカルヴァン主義の空気が根強く残っている。クリスマスはキリストの生誕とは何の関係もない、と彼らは言う。初期のキリスト教徒たちが古代ローマのサトゥルヌス祭を受け継いだだけのものにすぎないと。サンタクロースなんか、知ったことじゃない。

だから、ここにはクリスマスのイルミネーションも、ツリーもない、暗い冬に光り輝くものなど何もない。

ヘイミッシュ・マクベス巡査はことさら落ち込んでいた。というのも、彼の家族が冬の休暇でフロリダへ行ってしまったからだ。彼の母が新しい粉石鹸のキャッチコピー「雪山の雪よりもっともっと真っ白!」を思いつき、賞品の家族旅行を勝ち取ったのだが、彼は一緒に行くことができなかった。ノーザン駐在のマグレガー巡査部長が慢性盲腸炎で入院していて、彼が自分の管区に加えて巡査部長の管区も受け持つようにとの指令を受けたからだ。

ヘイミッシュの家族は他の家と違い、毎年クリスマスを祝う。クリスマス・ツリーや七面鳥やプレゼントや、何やかやを用意して。だが、ハイランドのロックドゥのような地域では、ジョン・ノックス（宗教改革者、長老派教会創始者）の古い霊が、この異教の祭りを祝おうとする者を地獄の業火で焼き滅ぼそうと、いまだにあたりを彷徨っているのだ。

ヘイミッシュは何度も言ってきた。他ならぬルターその人が、常緑樹の枝の間から光り輝く星々の光景に心打たれ、クリスマス・ツリーを思いついたのだと。だが、無駄だった。

ロックドゥは黒い湖水のほとりで静まり返り、闇に包まれている。

彼は駐在所へ引き返した。風がさらにいっそう激しくなってきた。サザーランドの風は恐ろしい音を立てる。ごく普通のざわめきから、甲高い金切り声へ、そしてうなるような深い轟音へと勢いを増す。

ウイスキー・グラス片手にテレビの前に陣取ることにした。台所の食器棚のウイスキー・ボトルに手を伸ばしかけたとき、留守番電話のチェックを忘れていることに気づいた。

事務室に入るとメッセージが一件届いていた。ギャラガーという婦人から、泥棒に入られた、すぐ電話が欲しいと。

ヘイミッシュはうめいた。「よしてくれよ」とうす汚れた殺風景な壁に向かって言った。ギャラガーさんはひどく嫌な人だ。一人で小さな農場を切り盛りしている筋張った体つきの強情な老婦人だ。ノーザンへ通じる道の外れに住んでいて、誰からも嫌われている。ひねくれ者、不平屋と評されている。誰のことも良く言ったためしがない。人の性格の弱点を嗅ぎ出し、追い詰めることにかけては天才的だ。

スコットランド極北の冬は、ほんの数時間しか明るくならない。腕時計を見てつぶやいた。

「三時、もう真っ暗だ」

彼がパトロールのランドローバーに乗り込もうとすると、風がナイフのように身を切りさいた。風にあおられないように、しっかりとハンドルを握り、曲がりくねった道を村の外へと向かいながら、これまで一度もギャラガーさんの辛辣さに疑問を持ったことがないことに気づいた。ロックドゥで巡査になってから、日々の暮らしの中で不愉快に感じることの一つとしか見ていなかった。

やっとのことで、ギャラガーさんの住む平屋の農家に通じる深いわだちのできた小道に出た。猛烈な風に身をかがめて、ドアを叩いた。待っていると、鍵を開け、掛け金を外す音がした。ギャラガーさんはいったい何を怖がっているのだろう？　普通農家はわざわざ鍵なんか掛けない。

それから、チェーンを掛けたまま少し開いたドアの隙間から、彼の方をギロリとにらむ目が見えた。いつもこんな風に鍵を全部しっかり掛けている。いったい誰がわざわざこんな家へ押し入って、強盗を働くというのか？

「警察です」

チェーンが外され、ドアが大きく開いた。「お入り」ギャラガーさんがそっけなく言った。

ヘイミッシュは頭をすくめ、彼女について家に入った。

たいていの農家では台所が居間として使われていて、いわゆる客間は〝一番良い〟状態にして取っておく。つまり、今では結婚式か葬式にしか使わないのだ。ギャラガーさんの台所は、いつも彼女の顔に浮かんでいる不機嫌な表情とは裏腹に、居心地よく明るかった。彼女の髪はふさふさとしたごま塩の縮れっ毛で、顔の肌は戸外で働き続けたためすっかり日焼けし、古いなめし皮のよう。目は今でもハイランド地方で見受けられる風変わりな淡い灰色、ほとんど銀色と言ってもよい色だ。海に映る雲の影のようにその目を感情がよぎるものの、ほとんど何を漏らすわけでもなかった。

「盗られたものは何ですか?」

「ぼうっと突っ立ってないで、お座り!」

きつい声で彼女が言った。

ヘイミッシュは言われるままに腰を下ろした。

「盗まれたのはうちの猫、スモーキーだよ」

彼は手帳を取り出そうとして、やめた。

「いなくなってどれくらい経ちます?」

「二十四時間」

「ねえ、ギャラガーさん、野っぱらで迷って狐にやられたのかもしれませんよ」

スコットランドのハイランドでは〝狐〟は、常に〝悪魔〟も同然の存在だ。農夫たちは、彼らのもっとも忌み嫌うこの害獣に、センチメンタルな感情など一切持ち合わせていない。

「バカにおしでないよ!」ギャラガーさんが言う。「盗まれたと言ったら、盗まれたんだ。

取り戻すのがあんたの仕事だろうが」

「ちょっと捜してみましょう」座っていた低い椅子からもがくように立ち上がりながら彼は言った。「誰かに押し入られたような様子はありませんか？　ドアや鍵、窓にいじられたような跡は？」

「全くない。けど、盗人はあんたごときには手に負えないほどずる賢いだろうよ。SOCOチームを連れてきておくれ」

ヘイミッシュも警察ドラマをよく見るので、彼女が〝犯罪現場捜査Scene of Crime Operatives〟チームのことを言っているのがわかった。

「スモーキーはいつも私と一緒にここにいたんだ。外へは出なかったよ」

「あなたは出ませんでしたか？」

「出たよ、羊に餌をやりに」

「スモーキーはあなたについて出ていかないのですか？」

「そうだよ、ディナーまでは絶対外へ出ない」

ヘイミッシュは〝ディナー〟が昼食を意味することを知っていた。ロックドゥやこの地方では、いまだにディナーは昼食で、夕方の食事はパンやスコーン、ケーキなどをお茶で流し込む〝ハイ・ティー〟だ。

「猫がいなくなったからって、ストラスベインから鑑識を呼ぶのは無理ですだ。呼んだって、来やせんで」

「あんたの困ったとこは、怠け者だってことだよ」ギャラガーさんが言った。「だからまだ一人者なんだ。その貧相な尻っぺたを持ち上げて、娘っ子に言い寄ることもできないくらい怠け者なんだ」

ヘイミッシュは立ち上がり、ギャラガーさんを見下ろすと、そっけなく言った。

「猫を捜しますで、それに駐在所に張り紙もするだ。そんだけだ、できんのは」

腹が立ったり、動転すると、方言が強くなる。

「泥棒が入ったかもしれないのに、ドアも窓も調べないんだ。本部に通報するからね！」

ギャラガーさんが叫んだ。

「どうぞご勝手に」

ヘイミッシュは帽子を被り、外へ出た。

風は吹き始めたときと同じく突然止んだ。だが空の高いところではまだ激しく吹き荒れていて、黒い千切れ雲が小さい冷たい月をすさまじい勢いで横切っていく。ヘイミッシュは近くの野原に出て大声で呼んだ。「スモーキー！」しかし猫の姿はない。

彼は重い足取りでギャラガーさんの家へ戻ると、ドアを叩いた。さっきと同じように彼は待ち、誰だいときつい声で問うのに「警察です！」と叫んだ。

「猫の写真はありますか？」

しばらくするとドアがチェーンを掛けたまま少し開き、一枚の写真が差し出された。

「受け取りをおくれ」

彼は受け取りを書き、立ち去った。

次の日、ヘイミッシュは猫のことを忘れていた。近くの村でもっと重大な強盗事件が起こって捜査しなければならなかったからだ。

ロックドゥほどクリスマスをかたくなに拒まないノーザンは、本通りにイルミネーションを取り付けようと計画していたが、そのイルミネーションがなくなったのだ。彼は丘をほの明るく照らす赤い太陽のかすかな輝きを楽しみながら、ノーザンへ向かった。前日の強風のあと、すべてが静まり返っていた。家々の煙突から煙がまっすぐに立ち上っている。湖は平らで静か、頭上の雲や山々を映す巨大な鏡のようだ。

彼はノーザンが嫌いだ。ハイランドで一番不愛想な村。他でもないそのノーザンが通りをイルミネーションで飾ろうと考えたとは驚きだ。彼は強盗事件を通報したミスター・シンクレアの家を訪ねた。ミセス・シンクレアがドアを開け、夫は本通りの店にいると言った。その店は電器店だった。ヘイミッシュはにやっとした。儲かるとなれば、ハイランドの商売気もなかなかのものだ。

ミスター・シンクレアはつるんとした肌の横柄な感じの男だった。スコットランドの北部では身分の上下があまり意味をなさず、小売店の店主が地域社会の長なのはよくあることだ。ヘイミッシュは彼を五十歳ぐらいとみたが、年の割にはしわのないオリーブ色の顔をしていた。不自然に黒い髪はヘアオイルを塗り、後ろへなでつけられている。

「店に押し入られたのですか?」

ヘイミッシュはあたりを見回しながら聞いた。

「いや、ここじゃない。コミュニティ・ホールの倉庫に入れてあったんだ」

「そこへ案内してもらった方がよさそうだ」

「昼休みまで待ってもらわないと。今が一番忙しい時間なんで」

ヘイミッシュは客のいない店内を見回した。

「そう忙しくもなさそうだが」

「一休みってところだ、一休み」

ヘイミッシュは腕時計を見た。一時十分前、まあいいさ、昼休みまでたったの十分だ。ああ、ついてない！　一人の女性が一時二分前に店に入ってきて、洗濯機のことを尋ね始めたのをいまいましく思った。

その客が質問を終えて、結局何も買わないで出ていったときには、一時十五分になっていた。

「ああいう客はほんとに嫌だ」店を閉め、せかせかと本通りを案内しながら、ミスター・シンクレアは不平たらたらだった。「暇つぶしにくるんだ。さあ、ここだ」

倉庫のドアは開いていた。壊された南京錠が床に転がっている。

「イルミネーション以外に盗られたものはありますか？」

「ああ、でっかいクリスマス・ツリーも盗られた」

「そうか、それじゃ、でっかいツリーを運んでいるやつを見た人がいるかもしれんな」

「聞いてみりゃいいさ、私は聞いてみたよ。誰か何か見なかったか？　いいや、何も」

ヘイミッシュはしゃがみこんで、地面を調べた。

「引きずった跡はないな。一人じゃなかったようだ。ツリーの大きさは?」

「八フィートほどだ」

「ああ、それじゃ、一人なら引きずるしかないな。数人はいただろう。ところが誰も見た者はいないと。裏道を通ったに違いない、それで理屈に合う」

ヘイミッシュは立ち上がった。長身の彼はミスター・シンクレアを見下ろす形になった。

「ノーザンの衆がクリスマスに何かをやろうとするなんて聞いたことないが」

「今年は私が教区長に選ばれたんだ。それでみんなを説得した。牧師も後押ししてくれて、寄付を集めたんだ」

「あんたの店がイルミネーションを提供したんですか?」

「そうだ。何か食べに家へ帰りたいんだが」

「いいですとも、何かわかったら知らせますよ」

コミュニティ・ホールの裏に村の共同放牧地があり、その入り口にゲートがあった。ヘイミッシュは再びしゃがみこんだ。地面にわずかだが樅の針葉が落ちている。この道を通ったんだ。どこへ? 誰がクリツマス・ツリーとイルミネーションを盗もうと思ったのか?

さらに少しあたりを調べてから、彼はカフェに行き、ソーセージ・ロールとコーヒーを注文した。ソーセージ・ロールは脂っこく、コーヒーは薄かった。彼はだらしない格好の女主人に近づき、尋ねた。

「ノーザンの衆で、本通りにクリスマスのイルミネーションを飾るのに反対だという人はいるかな？」

女主人は背後の調理台の鍋から流れ出る蒸気に目をしばたたかせて、彼を見た。ぼさぼさの乱れた髪、やせた顔、血走った目、巡査ではない有名な方のマクベスに出てくる魔女のように見えた。

「ああ、何人かいるよ」

「例えば？」

「ヒュー・マクフィーとか。しょっちゅう反対だってわめき散らしているよ」

「どこに行けば見つかります？」

「湖のそばの釣具屋にいるよ」

本通りを下りきったところに湖がある。水力発電局が建設した産物の一つだ。ヘイミッシュは、この人工湖を作るために人々が村を去ることを強いられたと、母が言っていたのを覚えている。彼らは水力発電によって電気代が安くなると約束されたのだが、結局全く安くはならず、気づいたときは後の祭りだった。ノーザン湖の向こう端の底には村が一つ沈んでいる。この長く伸びた人工湖にはどこか陰鬱な影があると彼は思う。普通の湖の周りに見られるような木や茂みがなく、湖の一方の端には巨大な醜いダムがある。彼がミスター・マクフィーの店についたとき、太陽はもう沈んでいた。

ミスター・マクフィーは薄暗い店のカウンターの後ろに釣り具に囲まれて座っていた。まるでノーム（大地の妖精）のように。

ヘイミッシュはやって来たわけを説明した。

「それがわしに何の関係がある？」

ミスター・マクフィーが言った。彼はゴツゴツした体つきの小男で、手に関節炎を患っているようだ。

「あなたがイルミネーションやなんかに反対していると聞いたんですが」

「そうともさ。あいつにな、シンクレアに。教区長に選ばれたと思ったら、あっと言う間にイルミネーションを受注しやがった」

「じゃあ、宗教上の理由で反対したわけではないんですね」

「違う、それならベッシー・ワードのところへ行けばいい。彼女が言うには、イルミネーションは悪魔ののろしだとよ」

「彼女はどこに住んでいます？」

「本通りを上りきったところだ。クリアンラリッチとかいう名前の」

「そうですか、行ってみます」

本通りを上った。身を切るような寒さ。光はどんどん薄れていく。小さなバンガローに行き当たった。ドアに〝クリアンラリッチ〟と焼き付けで書かれた木製のボードが二本のチェーンでぶら下がっていた。

呼び鈴を鳴らすと、ビッグ・ベンを真似た音が鳴り響いた。

「何かご用？　妹のアニーのことかしら？」

制服姿の警官を見て、がっしりした中年の婦人がきいた。

「いや、違いますよ」ヘイミッシュはなだめるように言った。「クリスマスのイルミネーションが行方不明になった件で捜査しているんです」

「それは誰がやったにしろ、神のみわざを行なっているのです。お入りになって」

ヘイミッシュは彼女について、恐ろしく片付いた居間に入った。教会関係の雑誌が低いテーブルにきちんと四角く並べられている。暖炉の上の真ちゅう製の置物はきらきらと照り輝き、クッションは膨らんでいる。外の街灯が窓に映って光っている。部屋は寒かった。

彼は帽子を脱ぎ、膝の上に置いた。

「犯人について何かご存じないか、ノーザンの主だった方々に尋ね回っているんです」

「知らないし、気にもならないわ」

ミセス・ワードはヘイミッシュの真向かいに座った。彼が当惑したことに、ツィードのタイトスカートが太い脚の上でめくれあがって、ストッキングから、その奥の裾にゴムの入った古風なピンクのズロースまで目に入った。

「主は不思議なみわざを行われます」

説教をするような口調で夫人が言った。

彼は思わず、神は錠前をこじ開けたりなさらないだろうと言い返しそうになったが、彼女を怒らせそうだと思いやめた。「あなたはとても賢い方のようですね」と彼は言った。

ミセス・ワードは得意げな顔になり、ハシバミ色の目の燃え立つような赤毛の長身の巡査を探り見る目に誘うような色が表れた。

「このあたりでよそ者を見かけませんでしたか？」

「木こりが出たり入ったりしてますよ。それもみな、あの嫌な男シンクレアのせいだわ。イルミネーションのための寄付をがむしゃらに募った理由はおわかりでしょう。売るためですよ」

「でも、イルミネーションのための寄付が十分集まったのなら、ここにはそれを飾りたい人がいるってことでしょう」

「新しい移住者のせいよ」彼女はぴしゃりと言った。「不信心者どもの」

移住者とは誰か聞くまでもなかった。たぶん過去二十年間にノーザンに移住してきた人々のことだ。過去に移住者だったら、いつまでたっても移住者。それがノーザンという村。ノーザンで誰かと知り合いになることはない。他の村では、管区の家々を訪ねてちょっとおしゃべりをしたりする。ノーザンでは仕事以外で誰かを訪問したことは一度もなかった。だが、この手のまっとうで家の切り盛り上手な婦人が窃盗に関係しているとは思えない。彼は突然帰りたくなった。だが、ミセス・ワードはお茶を飲んでいけと言ってきかない。彼はしぶしぶ誘いを受けた。

その後外に出たヘイミッシュは胸いっぱい外の新鮮な空気を吸った。あのピカピカの居間に永遠に閉じ込められてしまいそうな気がしていたのだ。ロックドゥに帰ろう。

誰もが自由勝手に噂話に花を咲かせる気さくな雰囲気のロックドゥなら、地域に入り込んだよそ者の情報がもっと手に入るだろう。これはきっとよそ者の仕業だ。どんなに過激なカルヴァン主義者だって、犯罪に手を染めるところまでは行かないだろう。

ロックドゥに戻り、ランドローバーを停めると、ブロディー医師の家へ向かった。医師の妻アンジェラ・ブロディーが迎えてくれた。

「入って、ヘイミッシュ」ほつれた髪の毛を細い顔からかき上げながら言った。「クリスマス・ツリーを飾り付けているの」

「ロックドゥにクリスマス・ツリーがあってうれしいよ」

ヘイミッシュが言った。

「あら、ヘイミッシュ、大勢の人が閉じたドアの後ろでクリスマス・ツリーを飾っているわ」

彼女は先に立って散らかった居間へ入った。ツリーは半分ほど飾り付けがされ、猫たちが色とりどりに光るガラスのボールを足でけり、大さわぎしていた。あらまあ、アンジェラはいらいらと声を上げると、猫たちをすくい上げ、台所へ連れていった。

「それで、何があったの？」

台所から戻ってきたアンジェラが尋ねた。

彼はノーザンのイルミネーション盗難事件について話した。

「お年寄りの住民の中にはツリーや飾りに良い感情を持っていない人が大勢いるわ。そのうちの一人がやったんじゃないの？」

「いや、違うと思う。大きなツリーも一緒に盗まれたんだ。もし宗教上の理由でイルミネーションやツリーを設置させたくないなら、イルミネーションを粉々にして、ツリーを叩き切ったと思うんだ。たぶん誰かがインヴァネスかどこかの通りで、売ろうとしているんじゃないかな。駐在所へ戻ったら、インヴァネスとストラスベインの警察に電話して、消えたイルミネーションに気を付けてくれと言っておこう」

ヘイミッシュはアンジェラのツリーの飾り付けを手伝って楽しいひとときを過ごし、駐在所に戻った、事務室に入ると、留守番電話のメッセージをチェックした。彼の疫病神ブレア警部から折り返し電話するようにと言うぶっきらぼうな伝言が入っていた。

地方本部に電話をかけると、ブレアにつながれた。

「よく聞け、あほう」いつもながらの辛辣さで、ブレアが言った。「お前んところにギャラガーとかいうばあさんがいるだろうが」

「彼女がどうしたんです？　猫がいなくなったってだけですが」

「それさ、そのくそ猫を見つけろ。ばあさん、お前のことを通報してきたぞ、それもダヴィオット警視に直接だ。お前は怠け者で、職務を放棄してるってな。お前は地域警備の恥だそうだ」

ヘイミッシュはため息をついた。地域警備はストラスベインでただ今流行中の言葉だ。

「だからな、行ってその猫を見つけろ、死んでようが、生きてようが、構わん」

「了解」

「了解、誰に？」

「了解、警部どの」

ヘイミッシュは電話を切った。まず、食事だ、その後またあの恐ろしいギャラガーさんに立ち向かおう。


一時間半後、彼はまたギャラガーさんの家のドアをノックした。周りの草むらで霜がキラキラ光っている。吐く息が白かった。

錠が開けられ、掛け金が外されるのを辛抱強く待った。

ギャラガーさんは彼を招き入れた。彼は彼女が本部に通報したせいで厄介なことになったと言おうとした。だが彼女が泣いていたことに気づき、表情をやわらげた。

「ねえ、ギャラガーさん」彼はおだやかに言った。「私は職務を放棄しちゃいません。だがあなたもおわかりでしょう。猫はあちこち出歩くもんですよ。それに誰が家に押し入って猫を盗んだりします？　しかも鍵やら掛け金だらけなのに。窓にまで掛け金をつけているじゃありませんか」

「誰かが盗んだんだ」

彼女はかたくなに言い張った。

「以前押し入られたことがあるんですか？」

「いや、一度も」

「なら、どうしてこんなに鍵やら掛け金やらをつけているんです？」

「この辺には悪党どもがいっぱいいるからね、それに頭のにぶい奴らも。ちっとでも頭が良けりゃ、あんたもおまわりなんかのままでいないだろうが」

「私は警官でいようと決めたんです」ヘイミッシュは言った。「それに、私を傷付けようとそんなことを言っても、無駄ですよ」

誰もギャラガーさんのことをほとんど何一つ知らないのは驚きだ、彼女は彼よりもっと長くロックドゥに住んでいるのに。だけどまあ彼女はとびっきり意地悪なばあさんだということだ。孤独な生活に違いない、猫がいなくなったので泣きどおしなんだろう。

「もう一度最初から始めましょう、ギャラガーさん」彼はきっぱりと言った。「私を侮辱するのはやめてください、そんなことしても何もなりゃしない。どうにも謎なんだが、まず知りたいのは、何でこんなに鍵やら掛け金やらをつけているかってことです。どうしてすぐに誰かが押し入ったと考えたんです？」

彼女は、働き通しで荒れた赤い手をエプロンをかけた膝の上で組み、じっと黙って座っていた。

「スモーキーを見つけられないのかい？」

とうとう哀願するように言った。

「明日学校で話してみます。子どもたちにスモーキーを探す手伝いをしてもらいましょう。もうすぐ学期が終わりますから。だけど、あなたはまだ質問に答えていませんね」ヘイミッシュは鋭い目つきで彼女を見た。「いったい誰を怖がっているんです、ギャラガーさん？」

彼女は、その奇妙な銀色の目で長い間探るように彼を見ていたが、不意に言った。

「私と一杯やらないかい？」

「ああ、そりゃあ喜んで」

彼女の目にちらっとユーモアがよぎった。

「職務中は飲まないのかと思ってたよ」

「寒い冬の日は別ですよ」

ギャラガーさんは壁際の立派な戸棚へ行き、グラスを二つとモルト・ウイスキーの瓶を取り出した。二つのグラスにたっぷりウイスキーを注ぐと、一つを彼に渡し、グラスを抱えて、椅子に座った。

「スラーンチェ！」ヘイミッシュはグラスをかかげ、ゲール語で乾杯した。

「スラーンチェ」彼女が返した。

ピート（泥炭）の火から良いにおいの煙が立ち上り、暖炉の上の古時計がゼーゼーとこすれるような音を出してから時を告げた。

「それで、どうしてここに住むことに？」

彼は好奇心に駆られて聞いた。

「父は農夫だった。私は農場で育ったんだ」

「どこの？」

「オーバン（スコットランド南西部の町）の近くだよ。だから自分で農場をやっていけるとわかってた」

「土地の衆も、土地の暮らしもわかっているはずなのに、どうしてこんなにがっちり戸締りを？」

彼女はそっと小さなため息をもらした。

「いつかあの男が来るんじゃないかと、ずっと思ってた」

「あの男？」

「亭主だよ」

「あなたは未亡人かと思っていました」

「そうだといいのに。ずいぶんと長い時間が経っちまった」

「彼は暴力をふるった？」

またしてもため息。

「ああそうだよ、その通り」

「話してください」

「いいや、これは私の問題だ。さっさと飲んで、お帰り」

ヘイミッシュは彼女を探るように見た。

「ご主人は刑務所に？」

「出ておいき、もうあんたにはうんざりだ。疲れたよ」

彼はウイスキーを飲み干し、立ち上がった。

「考えてみるんですね。情報を隠したまま警察に助けを求めても、どうにもなりませんよ」

だが、彼女は返事をせず、椅子から立ち上がりもしなかった。彼はしばらく彼女を見下ろしていたが、やがて帽子を被り、外に出た。

彼のハイランド人らしい好奇心がむくむくと湧き上がった。なぜこれまでギャラガーさんのことを不思議に思わなかったのだろう？　ときどき村に食料品を買いに現れる。誰かが話しかけようとしても、辛辣で無礼な態度をとるので、次第に誰も近寄らなくなっていた。明日の朝、古くからの住人を訪ねて、彼女の謎の夫のことを探ってみよう。

第二章

次の日は地元の小学生に話をすることになっていたが、その前にアンガス・マクドナルドを訪ねることにした。アンガスは地元の占い師で、予知能力を持っているという評判だ。ヘイミッシュは人々が言う彼の予知能力は疑わしいと思っている。地元のゴシップを種に予言めいたことをしているだけだと。

家の裏の小屋に置いている冷凍庫へ行き、夏の間に密猟した鱒を二匹取り出した。アンガスはいつも何か貢物を欲しがる。

寒いピリッと身の引き締まるような日だった。村の裏手からアンガスの住む丘へ歩いて上ることにした。アンガスは小屋のインテリアをわざと古風にしつらえている。オイルランプやピートストーブの上にチェーンで吊るした黒ずんだやかんなど。彼の評判は遠くまで広まっている。薄暗い古風な部屋は、彼の予言の才にまつわる伝説に一役買っているに違いない。

「あんたか、ヘイミッシュ」

もつれた灰色の髪と長いあごひげのせいで、アンガスは旧約聖書の小預言者の一人のように見えた。

「あんたの夕食に鱒を持ってきたよ」

「けっこう、けっこう、そこの台の上に置いてくれ。飲むかい?」

「いや、やめとこう、アンガス。子どもたちに話をしに行くところなんだ、息がウイスキー臭くては困る」

「座って、何で来たか言ってみろ」

「おや、おや」ヘイミッシュはからかうように言った。「あんたのように偉大な預言者なら、そんなこと聞くまでもないと思ったが」

アンガスは椅子にもたれ、半ば目を閉じて言った。

「このクリスマスには彼女は帰ってこんよ」

ヘイミッシュはむっとして顔をしかめた。アンガスが、彼のかつての恋人プリシラ・ハルバートン・スマイスのことを言っているのがわかったからだ。

「そのことで来たんじゃない」ヘイミッシュは不機嫌な声で言った。「ギャラガーさんの猫がいなくなった」

ノートを広げ、スモーキーの白黒写真を取り出すと、アンガスに渡した。

「灰色と白の、あの猫だ」

「見かけたのか？」

「いや、だがわかる」

「それじゃあ、ギャラガーさんのことを教えてくれ。彼女がロックドゥに来たころ、私はまだここにいなかったんだ。彼女の夫には何かいわくがありそうだが、それについて何か知っているかい？」

「未亡人だと思っていたが」

「おや、あんたも何でも知っているわけじゃないんだ」

「すべてを知っている者などおらんわ」アンガスはむっつりと言った。「精霊におうかがいを立てる時間をちっともらわんと」

「ああ、じゃあ、そうしてくれ」

ヘイミッシュはドアの方へ行きかけた。

背中で占い師の声がした。

「ステーキ肉がちょいとありゃあ、記憶に奇跡が起こるかもしれん」

ヘイミッシュは振り向いた。

「鱒を二匹も持ってきたじゃないか！」

「そうともさ、だがステーキ肉ほど老人の記憶を助けるものは他にないでな」

「狂牛病が怖くないのか？」

「ないよ」

アンガスはにんまりして答えた。

「ああ、あんたはもうそいつにかかっているのかもな」

ヘイミッシュはそうつぶやくと、霜に覆われた丘を下った。

村の学校には小さな子どもたちしかいない。少し大きくなると、バスでストラスベインのハイスクールへ通うようになる。先生はミス・メイジー・ピースという新任の教師だ。

彼女がヘイミッシュに子どもたちに話して欲しいと言ったのだ。艶やかな黒髪、割と大きめの高い鼻、ピートの混じった水のようなきれいな茶色い目をした、小柄なこざっぱりした女性だ。三十代だろう。

「どうぞ、おまわりさん」

「ヘイミッシュです」

「そう、ヘイミッシュ。私はメイジー。子どもたちはもうドラッグの怖さについて十分わかる年ごろだと思うんです。それに知らない人と話しちゃいけないっていうお決まりの注意なんかもお願いします」

「わかりました。子どもたちの準備はできていますか？」

「ええ、一番大きい教室に集まっています」

ヘイミッシュは彼女と長い廊下を歩いて教室へ向かった。近づくと、先生がいないので好き勝手に騒いでいる子どもたちの声が聞こえてきた。ドアを開けると、小さな生徒たちは大慌てでバタバタと自分の席に戻った。メイジーが彼に続いて教室に入った。

「みなさん、この方はマクベス巡査です。静かに座って注意を集中してお話を聞きましょう」

ヘイミッシュは、五歳から十一歳までのバラ色の頬のキラキラ目を輝かせている二十四人のハイランドっ子の顔を見渡した。まず、いじめや盗みがどんなに悪いことかを話した。そして知らない人と話をしないこと、誘われても車に乗らないこと。それからドラッグの話題に移った。ほんの少し前までは、そんな話をする必要はなかったのにと思う。しかしドラッグは、もうこのスコットランドのハイランドにも入り込んでいる。その後、何か質問はないかと子どもたちに尋ねた。

しばらく行儀よく沈黙したあと、小さな男の子が手を挙げた。

「ワッキー・バッキーは悪いものですか？」

ヘイミッシュはワッキー・バッキーがマリファナだということを知っていた。

「そうだ、違法だよ。だけど、問題ないと言う人も大勢いる。お酒よりましなくらいだって。でも違う。病気にかかりやすくなるし、短期記憶をだめにする。ぼくはそんなもの〝やらない〟と言わなくちゃいけないよ」

もう一人、男の子が手を挙げた。

「ぼくのにいちゃんが、どこでバイアグラが手に入るか知りたがってます」

「ドクター・ブロディーに聞きなさい」

男の子は座り、友だちとクスクス笑い合った。子どもの純真さなんてこれくらいのものだ。

そのあと、彼はサンタさんに何を持ってきて欲しいか尋ねた。子どもたちはいっせいにお人形やマウンテン・バイク、犬や猫が欲しいと答えた。子どもたちがクリスマスを否定しないのがうれしい。親たちはカルヴァン主義者だとしても、おそらくロックドゥのやり方で、閉めたドアの後ろでクリスマスを祝っているのだろう。

「今度はペットのことを話そう」

ヘイミッシュはそのとき、ずっと前に亡くなった飼い犬タウザーのことを思い出し、悲しい気持ちになった。

「動物の世話をすることがどんなに大変か知らないで、ご両親に犬や猫をねだらないこと。例えば犬は、おしっことうんちのしつけをして、散歩をさせ、餌をやらなければならない、たぶん十五年ほどは。猫はもっと長く生きる。おもちゃと同じように思って動物を飼うのは残酷なことだ。もし私が君たちなら、もうちょっと大きくなるまで待つな。特にこのあたりじゃ、犬はしっかりしつけないと、羊たちをいじめるようになるかもしれない。

ところで、思い出したんだが、人数はわからないが、ノーザンの通りを飾るはずだったクリスマスのイルミネーションを盗んだやつらがいる。ノーザンのあたりでよそ者がいたなんていう話を聞いたら、私に教えて欲しい。君たちにちょっと探偵の仕事をしてもらいたい。兄さんや姉さん、ご両親に聞いて、どんなことでもいい、何かわかったら私に知らせてくれるかい。それから、ギャラガーさんの猫がいなくなった。その猫の写真を回すから、よく見て、その猫を捜して欲しい。ごほうびがあると思うよ」

その後、彼はメイジーに送られて教室を出た。

「教室にクリスマスの飾り付けをしていないようですね」

「紙の飾り付けをしようとしたのですが、事情はおわかりでしょう。反対する親御さんがいるんです。子どもにプレゼントを渡すのは構わないが、異教の祭りと言われるものには断固反対だって。子どもたちにはつらいことです。みんなテレビを観て、クリスマス・ツリーやイルミネーションや、そういうものが大好きなんですもの。あら、でもそういう人たちが意固地になるのはクリスマスのときだけですから。それ以外のときは、ここはほんとにハイランドでも一番すてきなところですわ」

「そのとおりです」ヘイミッシュは言った。「そのうち、ディナーを付き合ってくれませんか？」

メイジーは驚いたようだったが、すぐ笑顔になった。

「デートに誘ってくださってるの?」

彼は憂鬱な思いで自分の不運な恋愛遍歴を振り返り、素早く言った。

「ただの友人としての食事ですよ」

「じゃあ、喜んで」

「明日の夜はどうです? イタリアン・レストランで、八時に?」

「伺います」

「よかった」

彼は彼女にまばゆい微笑を向けた。

ちょうどそのときやって来た牧師夫人のミセス・ウェリントンが二人のやり取りを聞いていた。彼女はヘイミッシュが去ったあと、持ち前の響き渡るような声で言った。

「あの男に近づかないように、あんたに警告しとくべきだと思ってね、ミス・ピース」

「あら、どうしてですか? 彼、結婚していないんでしょう?」

「そうとも、残念ながら。彼は女たらしだよ」

「あら、まあ」

「トンメル・キャッスル・ホテルのオーナー、ハルバートン・スマイス大佐の娘プリシラ・ハルバートン・スマイスとの婚約を破棄して、彼女をふったんだよ」

ミス・ピースはそれについてゴシップをもうどっさり聞いていたし、その内容は正反対で、プリシラの方が彼をふったというものだった。

「ええ、でもディナーをご一緒するくらいじゃ、私をどうこうできやしないでしょう」

「それは、あんたが思うだけさ」ミセス・ウェリントンはやけに深刻そうに言った。「さて、日曜学校の件だけど……」


湖岸を歩いていたヘイミッシュは漁師のアーチー・マクリーンに出会った。地元の噂では、アーチーの奥さんが彼の服という服を全部煮沸するらしい。実際、小柄な体つきなのに、いつ見ても服がキチキチに見える。まるでどの服も縮ませて、糊付けし、アイロンをかけたように。ズボンの折り目はナイフの刃のように鋭く、ツィードの上着は窮屈そうに猫背に張り付いている。

「クリスマスの用意をしているかい、アーチー？」

ヘイミッシュは声をかけた。

「うちでクリスマスなんぞしたのはいつのことかなあ？」

アーチーがぼやいた。

「あんたの奥さんは、カルヴァン主義じゃなかったろう？」

「違うさ、だけんど、うちのやつ、汚らしいクリスマス・ツリーが家の中に葉っぱを落とすのを嫌うんだ、いやらしいモールなんかも。あんた、知ってるだろが、ロックドゥで洗濯場があるのは、もううちだけだって」

ヘイミッシュはうなずいた。アーチーの家の裏の洗濯場は、洗濯機がなかった昔使われていた。石灰岩のブロックの中に巨大な銅製のたらいを据えて、洗濯日にその中で衣類を煮沸したのだ。

「近所の衆がちょいと立ち寄っちゃあ、クルーティー・ダンプリングを茹でるのに使うんだ。だけどな、おまえさん、一切れでも俺にくれると思うか？　いいや！」

クルーティー・ダンプリングはスコットランドのクリスマスの特別のお菓子だ。レーズン、サルタナ（種なしブドウ）、ナツメヤシ、小麦粉、脂で作る大きなプディング。材料を全部大きな布か枕カバーに入れて茹でる。いまだに十進法貨幣制度以前の六ペンス銀貨を取っておいて、プディングの中に入れる家庭もある。大きく、茶色で、ほくほく湯気が立ち、濃厚。クリスマスの食卓に置かれ、柊の小枝を飾る。とても大きいので、一週間は持つ。薄く切って、油で揚げ、朝食にベーコンと一緒に食べることもある。

「実のとこ、俺にくれるっていう人はミセス・ブロディーだけさ」

「アンジェラ？　ドクターの奥さんの？」

「そうだよ」

「アンジェラは料理ができないよ！」

「知ってるとも。だけど、今年は挑戦してみるって言うんだ。科学の実験みたいなもんだって。きっかり量を測りゃあいいんだって」

「アンジェラの場合はうまくいったためしがない」ヘイミッシュが言った。「彼女のケーキは岩みたいだぞ。一杯やらないか、アーチー？　学校で子どもたちに話してきたんだ。なかなか喉の渇く仕事だよ」

二人はロックドゥのバーに入った。ウイスキーのグラスを片手に隅のテーブルに腰を据え、ヘイミッシュが聞いた。

「ギャラガーさんのことで何か知ってるかい？」

「あの、ノーザン・ロードの外れに住んでる人？　何でだ？」

「ずっと考えてたんだが、みんなが彼女を仏頂面の意地悪ばあさんだという。だがなぜだろう?」

「そりゃあ、仏頂面の意地悪ばあさんだからだよ。郵便配達が言うとったが、あの人は自分とこを、錠前やら掛け金やらでフォート・ノックス(アメリカ合衆国の金銀塊保管所)みたいに固めてるってよ」

「思うんだが、何であんなに気難しいんだ? ずっとあんな風だったのかい?」

「そうさ。あそこの羊は良いぞ。犬もいないのにな。羊に口笛を吹くのさ。いろんな違った口笛を、そうすると羊は何でも言うことを聞くんだ。一人友だちがいたっけか」

「誰だ?」

「まだ生きとるかどうかわからんが。農場をその人から買ったんだ。ミセス・ダンウィッディ。インヴァネスの娘のとこに身を寄せた。待てよ、二年ぐらい前かな、ミセス・ダンウィッティが脳卒中を起こして、インヴァネスの老人ホームに入ったらしいと聞いたぞ。で、ギャラガーさんが何かやらかしたのか?」

「何にも。誰かが猫を盗んだって言うんだ」

「勝手に野っぱらへ行っちまったんだろう、それか狐にやられたか」

「私も彼女にそう言ったんだ」

「そんなら、何であの人のことを知りたいんだ？」

「好奇心、それだけだよ。彼女、ものすごく怯えているように見える」

「なあ、聞けよ、ヘイミッシュ。もしあんなとこに住んで、レアグ（スコットランド北部の町）で羊を取引するときのほか、誰とも一言もしゃべんなかったら、俺だって怯えるだろうよ」

「それよりもっと何かあると思う。ああ、もしクリスマスのイルミネーションを売ってるやつのことを聞いたら、知らせてくれ。ノーザンで盗まれたんだ」

「あそこには、長老派自由教会のやつらがわんさかいるぞ」

偉大な随筆家バーナード・レヴィンが以前書いていたが、長老派自由教会というのは、もし夜寝ているとき、足にしっかり毛布を巻き付けていなかったら、ローマ法王が煙突から忍び込んできて、彼らのつま先をかじると思っているような人たちだと。

「ありうるな」ヘイミッシュは言った。「だが、違うと思う。イルミネーションはコミュニティ・ホールからツリーと一緒に盗られた。かんぬきが壊されて。浮浪者がその辺をうろついていないか？」

「聞かねえな。冬場はいねえさ」

「何か聞いたら、知らせてくれ」

ヘイミッシュは駐在所に戻ると、パトロールのランドローバーに乗り、ノーザンへ向かった。

今一度コミュニティ・ホールの倉庫を調べていると、ミスター・シンクレアがやって来た。

「手袋をはめていないな」彼は咎めた。

「何で手袋がいる?」

「指紋がわからなくなるだろう」

ヘイミッシュはため息をついた。ストラスベインの本部が、クリスマス・ツリーとイルミネーションの窃盗の解決ごときに、鑑識を送ってよこすとは思えない。

ミスター・シンクレアを無視して、彼は調べ始めた。地面にかがみこみ、落ちている針葉を辿り、ゲートを越えると、共有放牧地に出た。もう針葉は落ちていない。犯人は複数だったに違いない。ゲートを越えると、そのあとは肩に担いだのだろう。前かがみになり丘を上りながら、地面を調べた。やつらは素早くまっすぐに運んだようだ。

ミスター・シンクレアは、背の高い姿が丘の尾根の向こうに消えるまで見送った。

「役立たずのあほうだ」彼は冷ややかに言った。「マグレガー巡査部長が病気でいないのは残念なことだ」

マグレガー巡査部長が、ささいな窃盗事件などをわざわざ調べてくれる人ではないことをすっかり忘れている。ミスター・シンクレアはそのとき公共心にあふれていた。新しいイルミネーションを一式用意し、それは、ちょうどそのころ本通りに設置されているはずだった。そして彼はその代金を請求しなかったのだ。

ヘイミッシュはその日の残りを、共有放牧地を調べることに費やし、丘の向こう側のピートの集積場まで行ってみた。そこのぬかるんだ、じめじめした地面にタイヤ痕があった。地元の衆のものかもしれない。しかし調べてみると、針葉の小さな塊と、それに、歩き回った靴の跡のようなものがあった。種類の違う足跡の数を数えてみた。四足分。ピートを盗みに来たやつらが、他にくすねる物はないかと、村の方に下りて行ったのだろう。彼は立ち止まり、足跡を見ながら泥棒たちの心理を想像してみた。レアグの近辺では、庭の物置から道具が盗まれるといったコソ泥が頻発している。本部に詳細な報告書を提出して、最近コソ泥のあったサザーランドの地域の一覧表を送ってもらおう。そうすれば、やつらがどのあたりを根城にしているかわかるだろう。けちな窃盗ばかりなので、警察は容疑者の捜査にあまり力を入れていない。おそらく、犯人は失業者か酔っ払いか、農業祭の間留守になるのを知っていて、農家や民家を漁るやつらだろう。

ヘイミッシュは食事の支度をしながら、あの小学校教師メイジー・ピースのことを考えた。新しく来た人と話すのは楽しいことだ。ジャガイモを水切りボールに入れようとして、手を止めた。あの教室にはどこかおかしなところがあった。ほんの少しだが恐怖のようなものを感じた。それから、肩をすくめた。メイジー・ピースに尋ねることにしよう。

次の朝、ヘイミッシュはインヴァネスへ行き、クリスマスの最後の買い物をした。家族へのプレゼントはもう買って駐在所に置いてあるが、村の友人たちのために、もう少し買い足す必要があった。突然何か起こったときのために、留守番電話に定期的に電話を入れることにした。

彼が出かけたのは午前十時、太陽がちょうど水平線からしぶしぶ顔を出しかけていた。西風がメキシコ湾流に乗って吹き込んでくると、思いがけずおだやかな天候になることがあるが、その日はそんな冬の一日だった。

インヴァネスの主な店はすべて街の中心にかたまっている。本通りはいつもどおり買い物客であふれていた。この町はいつもせわしない。とうとうプレゼントをいろいろ買い込んで、ランドローバーに戻った。留守番電話を聞いてみると、メッセージはなかった。そのときギャラガーさんの友人だったというミセス・ダンウィッディのことを思い出した。

彼は中央警察署に行き、電話を使わせてもらった。携帯電話を持っていたが、地域の老人ホームに片っ端から電話をするつもりだったので、暖かい部屋と電話帳が欲しかった。それに、警察署の電話を使えば、電話料金がかからない。

六度目の電話が当たりだった。ええ、ミセス・ダンウィッディはこちらにおいでです。でも、とても弱っていて、たいてい何かぶつぶつとつぶやいていらっしゃいます。それでも会いに伺いますと、彼は言った。

老人ホームは古いボーリィ・ロードのはずれにあった。年を取ってこんな場所で最後を迎えるのはどんな気持ちだろう？　砂利を敷いた車寄せに駐車しながら、彼は思った。建物に入っていくと、右手にラウンジがあり、数人の老人がテレビを観ていた。ラウンジはピカピカ光る色とりどりのモールのチェーンで飾られていた。テレビの横には、ごてごてと飾り付けたクリスマス・ツリーが置かれていて、ガラスのボールやモールがぶら下がっている。クリスマスの飾り付けのせいで、テレビを観ている老人たちは、なぜかより一層老けて、弱々しく、見捨てられたように見えた。

彼は受付に行き、警察手帳を見せて、ミセス・ダンウィッディとの面会を求めた。

「彼女、まだ調子の良い日もあるんですよ」きびきびした女性が言った。「でも、今日はそんな日じゃなさそうです。お部屋にいらっしゃいますよ。ご案内しましょう」

「誰か家族は訪ねてきますか？」

分厚い絨毯が敷かれた廊下をついて行きながら、ヘイミッシュは尋ねた。

「息子さんと娘さんがいますが、あまり訪ねて来られません。どんな風だかおわかりでしょう。ここは費用がかかります。近ごろは、その費用を払えばもう義務を果たしたとみんな思っているんです。悲しいことにね。さあ、ここです。ねえあなた、お客様ですよ」

ミセス・ダンウィッディは窓辺で車椅子に座っていた。建物裏の殺風景な冬の庭をうつろな目で眺めている。

「長くはお邪魔しません」

ヘイミッシュは言って、椅子を引き寄せ、ミセス・ダンウィッディの横に座った。案内してくれた女性が「もし何かご用があれば、壁にベルがありますから」と言い、部屋を出ていった。

「ミセス・ダンウィッディ」ヘイミッシュが言った。

彼女の老いた目に光はなかった。

「覚えていらっしゃるかどうかわかりませんが、ミセス・ギャラガーという人に農場と家をお売りになりましたね」

返事はない。

「彼女のことが心配なんです。あそこに移ってからというもの、彼女はずっとたった一人で暮らしています。鍵やら掛け金やらで家を閉め切って。いったい何を怖がっているのでしょう?」

返事はない。

「あなたは何かご存じだと思うのですが。彼女から何か聞いていらっしゃるのでは」

まるで岩から彫り出した彫刻のようだ。

ヘイミッシュは小さくため息をついた。調子の良し悪しにパターンがあるか聞いてみて、出直して来るしかないだろう。一人の嫌な女のために、厄介なことだ。その日はもう彼女から何一つ聞き出せないと悟った。彼は立ち上がり、部屋を出ようとした。

「猫」

彼女が突然言った。

ヘイミッシュは振り向いた。彼女は弱々しい震える片手を挙げて、窓を指さした。窓の外を見ると、黒猫が虫を引っ張っているムクドリの方へ腹ばいになってゆっくり進んでいくところだった。彼が窓をバンと叩くと、猫は逃げて行った。

彼はもう一度椅子に座ると、「ミセス・ギャラガーのこと」彼は優しく言った。「覚えていますか？」

「アリス」

彼女は言った。その声は、アスファルトの道路の上を吹き流される枯葉のようだった。

「アリス・ギャラガー？」

「ろくでなし」

「誰が？」

「あいつが叩いた。逃げた」

「ご主人？」

「顔を洗ったかい、ジョニー？　学校に遅れるよ」

ヘイミッシュはもう少し聞き出そうとしたが、彼女の脳は過去の記憶に迷い込んでしまった。彼はそっと立ち去った。

玄関ホールを横切るとき、彼はもう一度ラウンジに目をやった。がなり立てるテレビの前に老人たちが座っている。なんというクリスマス！

突然思いついて、受付へ引き返した。

「ミス……？」

「ミセス・カークです」

「ええと、ミセス・カーク、ラウンジのお年寄りたちを元気づけることを何かなさっていますか？」

「テレビがありますわ」

「ちょっと思いついたのですが、ささやかなコンサートを開けないものかと、クリスマスの日に？」

「あら、いいですね。お待ちいただけますか、所長を呼んできます」

しばらくして、ヘイミッシュは所長室に通された。小柄なメガネをかけた男性が机の後ろに座っている。

彼は立ち上がり、手を差し出した。

「ジョン・ウィルソンです。ミセス・カークが言うには、ここでコンサートを開いてくださるとか」

「ええ、ちょっと思いついたのです、クリスマスに」

「どのようなコンサートでしょう？」

「昔ミュージック・ホールの舞台に立っていて、引退した知り合いの夫婦がいます。今でも古い歌をいろいろ演奏して歌うことができます。老人たちは喜ぶと思いますよ」

「予算を考える必要があります」

所長はせかせかした口調で言った。

「報酬は要りません」

「そう、それなら良い考えだと思います。実のところ、私たちは他にもここと同じようなホームを持っております。そのご夫婦が上手なら、雇って順番に回ってもらいたいのですが」

「ええ、上手ですよ。クリスマスの日の午後に開きましょう」

ヘイミッシュが言った。

「ご親切に、おまわりさん。ところで、どうしてそこまでしてくださるんですか？」

ヘイミッシュはにっこりして言った。

「クリスマスだからですよ」


そのあと、ヘイミッシュはチャーリーとベラ・アンダーウッド夫妻の住む、街の北部の住宅団地へ行った。ベラがドアを開けてくれた。彼女は七十代だが、髪を燃えるような赤に染め、濃い化粧をしている。

「ヘイミッシュ！」彼女は叫んだ。「まあ、ほんとに久しぶりね。お入りになって。チャーリー、ヘイミッシュよ！」

きびきびした感じの小男が現れた。

「またどういう風の吹き回しで、ヘイミッシュ？」

「懐かしくてと言いたいところなんだが」アンダーウッド家の台所で、大ぶりなティーポットを真ん中に三人が椅子に落ち着くと、ヘイミッシュが切り出した。「あなたたちに仕事の依頼をしたいと思ってね」

「仕事?」ベラが言った。「もうしばらく仕事を辞めているのよ」

ヘイミッシュは老人ホームのことを説明した。

「なあ、あなたたちはみんなで一緒に歌える古い歌をたくさん知っているだろう? まだ、歌えるかい?」

「もちろんよ」ベラが言った。「あなたってほんとにいい人ね、ヘイミッシュ」

「今回は私のポケットマネーで支払わせてもらうよ。だが、ミスター・ウィルソンがあなたたちのことを気に入ったら、仕事が来ると思うよ」

「君がお金を出すことはない、ヘイミッシュ」チャーリーが言った。「ただでやらせてもらうよ」


遠出した甲斐があったことに気をよくして、ヘイミッシュはロックドゥに戻った。ギャラガーさんは明日の朝訪ねよう。その前に、メイジーとの楽しみなディナーの約束がある。

彼は顔を洗い、一張羅のスーツを念入りに着込むと、燃えるような赤毛をとかしつけて輝かせ、湖岸をぶらぶらとイタリアン・レストランへ歩いて行った。頭上のサザーランドの空には大きな星々が輝き、黒い湖面に映って、まるで行方不明のクリスマスのイルミネーションのようにキラキラ光っていた。

彼はレストランのドアを押し中に入った。ウェイターのウィリー・ラモントが挨拶にやってきた。ヘイミッシュは以前巡査部長に昇進し、その後また平巡査に戻ったのだが、ウィリーはその輝かしい巡査部長時代に彼の部下だった。だが、ウィリーはこのレストランのオーナーの美しい娘と結婚し、警察をやめた。

ウィリーは彼を窓辺の席に案内した。

「ご婦人を待っているんだ。彼女が来てから注文するよ」

ウィリーは洗剤の瓶を取り出すと、テーブルをこすり始めた。

「もうテーブルはきれいじゃないか」

ヘイミッシュはやめさせようとした。狂信的にきれい好きなウィリーは、警官としての職務に注意を払う代わりに、駐在所をピカピカに磨き上げていたことを思い出す。

「これ、ほんとにすごい洗剤なんです。SCCRUBB（ゴッシゴッシ）って言ってね。取り寄せたんです」

「ウィリー、ウィリー、テーブルの艶がかえってはげるよ」

「わあ、ほんとだ。艶出しを塗ろう」

「だめだ」ヘイミッシュが断固として言った。「食事が終わるまで、放っておいてくれ」

ウィリーの顔が苦しそうにゆがんだ。

「お願いです、ワックスをシュッと一塗りするだけ」

「だめだ、一塗りでも。ああ、いらっしゃった」

ヘイミッシュは立ち上がった。

メイジー・ピースがやってきた。

「ここ、とてもすてきね」

あたりを見回して言う。

彼女は席に着いたが、ウィリーが矢のように駆け寄ってきて、液体ワックスをスプレー缶から噴射し、猛烈な勢いでテーブルを磨き始めたのを見て、たじろいだ。

「うせろ、ウィリー」ヘイミッシュがわめいた。「メニューを持ってきてくれ」

ウィリーはぶつくさ言いながら退却した。

「なんておかしなウェイターなの」

メイジーが言った。

「ああ、彼は大丈夫。ちょっときれい好きの度が過ぎるだけなんだ」

レストランの客は二人だけだった。料理とワインを注文したが、ウィリーが近くをうろうろして、メイジーを怖じ気づかせた。ワイングラスを倒し、スパゲッティをテーブルにこぼし、ロールパンを床に落とした。その度にウィリーが来て、モップをかけたり、磨いたり、文句を言ったり。とうとうヘイミッシュが立ち上がり、彼を厨房に引っ張っていった。そして、呼ばれないのにもう一度テーブルに近づいたら、頭をぶんなぐると脅かした。

「申し訳ない。もう、邪魔はしないだろう」

「ロックドゥのことをいろいろ教えてくださいな。この土地や住んでいるみなさんのことを知り始めたところなんです」

彼は村人たちのことを話した。メイジーは彼の面長の魅力的な顔を見ながら、彼はミセス・ウェリントンが言ったように、ほんとうに女たらしなのかしらと思った。

そのあと彼が聞いた。

「教室で話しているときに感じたのですが、誰かとても怯えている子がいるんじゃありませんか。ちょっと感じただけですが。いじめっ子がいるとか？」

「それはわかりません。何しろまだ来てから日が浅いので。でも子どもたちの誰かが嘘をついているような気はします」

「どんな嘘を?」

「ほんとかどうかわかりません。でも、宗教的に厳格な家庭の子どもたちが何人かいます。だから、あなたがクリスマスにどんなプレゼントをもらうのか聞いたとき、みんな答えましたけど、プレゼントなんてもらえない子もいると思うんです」

「悲しいですね。クリスマスに反対する人がいるのは知っていますが、子どもにまでつらい思いをさせているとは思いませんでした」

「教室で尋ねてみますわ」

彼らは他の話題に移り、そのあとヘイミッシュは校舎に付属している宿舎へメイジーを送っていった。彼女は微笑んで、ディナーの礼を言った。彼も微笑みを返し、踵を返して立ち去った。

メイジーはゆっくり家に入った。彼はキスしようともしなかった。次のデートに誘いもしなかった。ほんとに女たらし!

第三章

ヘイミッシュはギャラガーさんを訪ねたくなかった。だが、彼の管区内で孤独の中に怯えて暮らしている人がいると思うと心が痛んだ。風がまた吹き始めていた。ランドローバーで出発するとき、騒々しいカラスの一群が駐在所の裏の野原から飛び立ち、湖の向こうへ散っていった。低い雲が山頂を横切っていく。ローマ人たちは、ちょうどこの時期に彼らのサトゥルヌス祭を、一年の死を悼む通夜として、酔っぱらって過ごしたのかも知れないと彼は思った。そんな日には、草は二度と生えず、太陽は二度と照らないように思える。

ギャラガーさんは農場に出ていた。近づくと、彼女が家の方へ大股で戻ってくるのが見えた。彼が来たのを見て、家のドアの前で待っていた。

「それで？」

「まだ、何も」

「それじゃあ、あんたと話す暇はないよ」

「ほんのちょっと話したいのですが」

「なんで？」

「ご主人のことで」

彼女は不意に、顔を隠すかのように首をすくめた。長い間そのまま立っていたが、古いツィードのコートのポケットから鍵の束を取り出すと、ドアを開け、「お入り」とそっけなく言った。

ヘイミッシュは帽子を脱ぎ、部屋に入った。

彼女は振り向いて彼を見ると言った。

「亭主の何を知りたいんだい？」

「座りませんか？」

彼女はうなずくと、コートを脱ぎ、ドアの横の掛け釘に掛けた。

「こういうことです」彼は椅子に腰掛けて言った。「あなたが今もご主人を怖がっていると信じるに足る理由があるんです」

「それが私のいなくなった猫とどういう関係があるんだい？」

彼は彼女を探るように見た。突然ハイランドの直感がひらめく。

「何かの理由で、あなたはご主人が現れるんじゃないかと怯えて暮らしている。だからスモーキーがいなくなったとき、彼があなたの猫を奪いに戻って来たと思い怖くなった。ご主人がやりそうなことだから、あなたの愛するものを破滅させることを」

彼女の顔が土気色になった。

「あの人を知ってるの？　会ったの？」

「いいえ。私に助けを求めようと思ったことはないのですか？　ご主人に対して接近禁止命令だって取ることができたんですよ。まだ刑務所にいるんですか？」

長い沈黙。風が低い平屋の周りでまるでバンシー（スコットランドに伝わる死を予見して泣く妖精）のようにうなり声をあげている。

「亭主は強盗で逮捕された。そのころはグラスゴーに住んでいた。逃げるチャンスが来たと思った。だから逃げた。母が亡くなって、お金を残してくれた。それを亭主に何とか隠していたんだ。で、そのお金を全部引き出して、ここに来たのさ」

「それで、ご主人のフルネームは？」

「何でそんなもの？」

彼は辛抱強く言った。

「ご主人のことを調べるためです。どこにいるか、何をしているか、わかると思いますよ。死んでいるかもしれない。考えてみるといい。もうご主人は死んでいるかもしれないのに、あなたはここにいて、誰とも話もせず、怯えて暮らしている」

「ヒュー、ヒュー・ギャラガー」

「最後の住所は？」

「スプリングバーン・ロード、No.5-A」

彼はすばやくノートに書き留めた。

「で、逮捕されたのはいつ？」

「一九七八年三月。警官が来たのは十八日だった」

「わかりました。すぐに調べましょう」

彼は立ち上がった。ギャラガーさんも立ち上がり、彼の濃紺のセーターの端をつかんだ。

「私の居所を教えたりしないだろうね」

「もちろんです」彼はなだめるように言った。「あなたの猫を捜してくれるよう、小学校で子どもたちに話しましたよ。だから子どもたちを見ても、追っ払ったりしないように」

彼女はまた椅子に倒れこみ、両手で顔を覆った。

「友だちを作らないといけませんね」

「誰も信用できないよ」

彼女は手で顔を覆ったまま言った。

ヘイミッシュは彼女の家を出て、駐在所に戻った。グラスゴーのストラスクライド警察本部に電話をかけ、一九七八年強盗容疑で逮捕されたヒュー・ギャラガーという強盗犯の所在を突き止めてくれるよう依頼した。

本部はあとでかけ直すと言った。羊とめんどりに餌をやり、プリシラ・ハルバートン・スマイスのことで何か知らせがあるか聞きに、トンメル・キャッスル・ホテルに出かけることにした。

支配人のミスター・ジョンソンが迎えてくれた。

「コーヒーをたかりに来たのか、ヘイミッシュ？」

「ああ、いただけるならうれしいね」

「事務室に来いよ。彼女はクリスマスには戻らないらしいよ」

ヘイミッシュは赤くなった。

「それを聞きに来たわけじゃないよ。だけど、ご両親に会いに戻ってくると思っていたが」

「彼女、働いているでっかいコンピュータ会社から、ニューヨークに派遣されているそうだ」

遠い、ヘイミッシュは思った。実に遠いところだ。

「で、景気はどうだい？」

ヘイミッシュは陽気さを装って聞いた。

「好調だよ。クリスマス期間中は予約でいっぱいだ」

「下の港の古いロックドゥ・ホテルはどうなってるんだい？」

「日本人が入札したんだが、その後日本も不景気になっちまった。他のやつらは、ここにはホテルは一軒で充分だと思っているらしい」

「あれは立派な建物だ。学校にするといいかもな」

「それで、事件はないのかい？」

「ああ、静かなもんだよ」

「クリスマス向けのおいしい殺人の一つも？」

「全然。行方不明の猫一匹と、ノーザンでクリスマスのイルミネーションが盗まれた事件だけさ」

「ああ、ノーザン！　嫌な村だ。たぶん自分たちで盗ったんだろうよ。あそこのやつらはクリスマスは罪深いもんだと思っているからな」

「若いやつらだと思うんだ。せこい窃盗だよ。まあそれに、ノーザンは嫌な村だとしても、クリスマスの飾り付けをしようという気はあるんだ。ロックドゥを見ろよ、湖と同じに真っ暗だ」

「そうだな、ウェリントン牧師が今年湖岸にクリスマス・ツリーを立てようとしたんだが、ジョサイア・アンダーソンの反対に遭っちまった」

「何だって！　あの大きなビクトリア朝風の家に住んでいる人かい？」

「その人さ、ガチガチの聖書崇拝者だよ。彼の娘は可哀そうなもんだ」

「娘がいるのか？」

「そうさ、何でも知ってるわけじゃないんだな、あんたも。ジョサイアと奥さんは長い間子どもを欲しがっていたんだ」

「たぶんどうやって子どもを作るのかわからなかったんだろうよ」ヘイミッシュは意地悪く言った。「私に尋ねりゃよかったんだ、作り方を教えてやったのに」

「とにかく、奥さんはインヴァネスへ不妊治療に行って、女の子が生まれたんだ。その子が生まれたとき、ジョサイアは五十歳、奥さんのメアリーは四十五歳だった。娘のモラグはたぶん今九歳ぐらいだな。彼女にとっちゃつらい生活だろうよ。そりゃあ厳しいからな、あの人たちは。クリスマス・プレゼントはもらえそうにないな」

「その子は村の学校へ行っているのか？」

「ああ」

「学校へ話をしに行って、サンタさんに何をもらいたいって聞いたら、みんな、あれこれ欲しいものを言ってたよ」

「どの子も他の子とは違うって思われたくないさ」

ミスター・ジョンソンが言った。

「モラグ・アンダーソンはどんな子だい？」

「やせこけた子だよ。目ばかり大きくて。それに小ぎれいだ。おそろしくな。両親が毎朝彼女をごしごし磨いてるんだろうよ」

ヘイミッシュのハシバミ色の目が狭まった。

「虐待っぽいな。先生と話してみよう」

「あんたが先生と良い仲だって聞いたよ。イタリアン・レストランでディナーとかね」

「私にプライベートはないのか？」

ヘイミッシュが嘆いた。

「そうさ、生活にプライベートが欲しけりゃ、ロックドゥには住めないよ。だが、私はいま太っ腹な気分なんだ。彼女を連れてくるなら、ホテルのランチをただにしてやってもいいよ」


ヘイミッシュはコーヒーを飲み干し、小学校に向かった。彼は時計を見た。学校はもうすぐクリスマス休暇に入る。子どもたちがクリスマス・キャロルを歌っている。その声が風に乗って聞こえてきた。彼は子どもたちが校舎からぞろぞろ出てくるのをランドローバーの中で待ち、その後車を降りて、校舎の方へ歩いて行った。

メイジー・ピースが机の上の紙類を片付けていた。顔を上げ、彼を見ると赤くなった。

「まあ、ヘイミッシュ、何のご用？」

もう一度食事に誘ってと、彼女は心の中で願った。だが、彼は机の端に腰かけて言った。

「モラグ・アンダーソンという生徒がいるかい？」

「ええ、でもあの子が何か問題を起こすなんてありえないわ。彼女は優等生よ」

「もちろんだ、問題なんかないよ。彼女の両親について気になる噂を聞いたんだ。それだけさ。厳しすぎるんじゃないかって。モラグにはクリスマスはないらしいな」

「私にはどうにもできないわ、ヘイミッシュ。信仰に立ち入ることはできないもの」

「まあ、それでも、彼女の両親とちょっと話してみたいね」

じゃあ、あなたは私をデートに誘う気はないのね、メイジーはむっとして思った。

「止めはしないわ」彼女はそっけなく言った。「どうぞ、そうしたいなら、話してみるといいわ」

「ちょうどお昼だし、ランチに出かけるというのはどう？」

「あのイタリアン・レストランへ？」

「いや、トンメル・キャッスル・ホテルへ連れて行くよ」

「あら、ヘイミッシュ、あそこはとてもお高いわ」

「大丈夫、私のおごりだ」

メイジーの顔が喜びで輝いた。

「コートを取ってくるわ」


ロックドゥのほとんどの家は、サザーランド公爵が漁業を拡大しようとした十八世紀の建物だ。だが前世紀、女王がスコットランドに別荘を持ち、貴族たちがそれを真似て建てた広大なビクトリア朝風の邸宅もいくつか残っている。しかし、今や余裕のある人々は、一般にスペインその他の太陽の照り輝く国々の方を好み、そのような邸宅はもはや別荘ではなく中流階級の住居となっている。ジョサイア・アンダーソンはストラスベインに衣料品工場を所有していた。ヘイミッシュは二重の鉄製庭門を開け、メイジーを先に通した。

「両親はどんな人たちだい？」

彼は声をひそめて尋ねた。

「ちょっと厳しい人たち。父母参観日に会ったの。モラグの成績はいつもトップ・クラスだから、それほど話し合う理由もなかったけれど」

ヘイミッシュはドアの横の壁にはめ込まれた真ちゅうの呼び鈴を鳴らした。ミセス・アンダーソンがドアを開けた。彼は彼女を見下ろして、驚いた。村で出会ったことがある、雑貨屋で二言三言言葉を交わしたこともあり、彼女がミセス・アンダーソンだと知っていた。だが、それをすっかり忘れて、厳格な年配婦人のイメージを勝手に想像していたのだ。

ミセス・アンダーソンは小柄で小ぎれい、パーマネントをかけ、バラ色の頬をしていた。ヘイミッシュを見て驚いたようだった。「何かあったのですか?」と叫ぶように言った。

「ちょっとご挨拶に伺っただけです」

「お入りください。主人は居間におります」

二人は彼女について居間に入った。居間は広く薄暗く、天井が高く、重厚な家具が置かれ、文句のつけようがない清潔さだった。

「ジョサイア、おまわりさんとモラグの先生のミス・ピースがいらっしゃったわ」

ミスター・アンダーソンは立ち上がり二人を迎えた。チャコール・グレイの三つ揃いスーツに白いワイシャツ、縞のネクタイという格好だ。黒い靴はピカピカに磨き上げられている。薄くなり始めた灰色の髪、分厚い唇、小さな油断のない目、大きな鼻から鼻毛が出ていた。

「何かご用かな?」

「ちょっとご挨拶に」

ヘイミッシュがまた言った。

「どうぞお座りください。メアリー、お茶を」

「おかまいなく。すぐ失礼します。ランチに行く途中なので」

みんなが座り、ヘイミッシュは話を切り出すようにとメイジーを見た。

「クリスマスは小さな子どもたちにとってはとても大切なものです」

「毎年それに洗脳されて物欲の塊になるというわけだ」

ミスター・アンダーソンが言った。

「そうは思いません」ヘイミッシュが言った。「クリスマスには純真な魔法があります。モラグだけ取り残されなければと思うんです」

ミセス・アンダーソンが何かを言おうと口を開きかけたが、ミスター・アンダーソンが制した。

「うちのモラグは賢い子です。サンタクロースやプレゼントなんてものは異教徒のたわ言だと知っています」

「小さな女の子にとっては、それはちょっとつらいんじゃないかな」ヘイミッシュは反論した。「生徒たちはみんなワクワクして待っているんです」

「モラグに直接聞いていただく必要がありそうですな。メアリー、モラグを連れておいで」

ミセス・アンダーソンは階段の下に行き、呼んだ。

「モラグ、ちょっと下りてきて」

みんなが待っているとモラグが部屋へ入ってきた。彼女はヘイミッシュを見て青ざめ、目を大きく見開いた。

「さあ、モラグ」母親がすばやく口をはさんだ。「怖がることはないのよ。マクベス巡査とピース先生は、あなたがクリスマスのお祝いから一人取り残されたと感じているんじゃないかと心配して訪ねてくださったの」

「何とおっしゃいました？（I beg your perdon?）」

モラグは消え入りそうな声で言った。

今の時代、他のどの地域でも、相手の言うことが理解できないときには、「何ですか？（What?）」とか「すみませんが（Excuse me）」と言うが、ハイランド地方ではいまだに古めかしい「何とおっしゃいました？」を使っている。

「私たちがクリスマスと関わり合わないので、あなたが他の子どもたちと違っていると感じているんじゃないかと心配していらっしゃるの」

モラグはそこに突っ立ったままだったが、顔にゆっくりと赤味が戻ってきた。

「あら、いいえ」彼女はそっと言った。「全然気になりません」

「ほんとに？」メイジーが言った。

「ええ、ほんとに」

「そうだろう」ミスター・アンダーソンが言った。「おまえはいい子だ、モラグ。もう部屋へ戻ってもいいよ」

彼はメイジーの方へ向き直った。

「私たちがクリスマスについて厳しすぎると思っておいでだろうが、私たちには私たちの信仰があり、それに従って暮らしているのです。モラグには誕生日に充分すぎるほどプレゼントをあげています」

メイジーはなすすべもないという風にヘイミッシュを見た。彼は失礼しようと、身振りで彼女に示した。だが、ミセス・アンダーソンが戸口で彼らを見送ろうとしたとき、ヘイミッシュは振り向いて、彼女を見下ろした。

「モラグが大きくなったとき何を信じるかは、彼女自身に決めさせた方が良いとお考えになったことはないのですか？」

「ありません。子どもは小さいうちから導いてやるべきです。おわかりになったと思いますが、あの子には何の悩みもありません。小さな女の子が欲しいと思うものは何でも持っています。自分の部屋もトイレもあります。上の階にはお友だちをもてなす小さな客間まで」

「友だちを連れてきますか？」

ミセス・アンダーソンの顔を影がよぎった。

「今はまだ。でももう少し大きくなったら、連れてくるでしょう。とても幸せで、満足しています。自分の分の家事は何でもしています。自分から進んでね。食事の支度をさせて欲しいとさえ言いました」

二人は礼を言って立ち去った。トンメル・キャッスル・ホテルに向かいながら、ヘイミッシュが言った。

「あの子はひどく怯えている」

「おまわりさんを見たら、みんな怯えるわ」

「私は恐くないはずだ。教室で会ったもの。それにあなたと一緒だったし。一瞬気絶するんじゃないかと思ったよ」

「もしかしたらと思うことを言うとね、雑貨屋のミスター・ペイテル、いるでしょ？　子どもたちが店のお菓子を盗んでるところをときどき捕まえるんだけど、彼はあなたじゃなくて、私を呼ぶの。私が親に会って、一件落着ってわけ。もしかしたらモラグは何かを盗んだことがあって、法と秩序の力が襲いかかってきたと思ったのかも。つまりね、彼らの愛する娘が泥棒だと知ったとき、あの両親がどんな反応をするか、考えてもみて」

「ありうるな。子どもがあまりにいい子過ぎるとね。だが、家の厳しいしつけは勉強には影響していないようだね」

「ええ、とても賢い子よ、それに学ぶことが好きなの。すばらしい想像力を持っているわ。とても生き生きした作文を書くのよ」

「読んでみたいな」

「心配しすぎだわ、ヘイミッシュ。あなたは大勢の殺人犯を捕まえたって聞いたけど、ちっちゃな小学生の女の子のことまでそんなに心配する暇がよくあるわね？」

「知りたいだけさ」

ヘイミッシュはそう言っただけだった。

ホテルの食堂に入っていくと、かつてハルバートン・スマイス家の執事で、今は給仕長のミスター・ジェンキンズが彼らを席へ案内した。

「コッカ・リーキ・スープ（スコットランド伝統の鶏肉と長ネギのスープ）と鹿肉のコース」

彼はナプキンを広げメイジーの膝の上に置くと、立ち去った。

「変だこと。ここじゃメニューを見せてくれないの？」

「ランチはセット・メニューなんだよ」

メイジーはあたりを見回した。大きな革製のメニューを持っている客もいるが、何も言わないことにした。きっと給仕長はヘイミッシュがセット・メニューを好きなのを知っているのだろう。

「ワインはどう？」

ヘイミッシュが聞いた。

「いただくわ。でも、飲んで運転しても大丈夫？」

「本当はだめさ。それに警察の車にあなたを乗せて回るのも良くないんだが。まあ、二、三杯なら。ちょっと失礼」

ヘイミッシュはホテルの支配人室に行き、ミスター・ジョンソンに言った。

「ランチをありがとう。ワインが欲しいんだが、あの嫌なキザ野郎のジェンキンズが騒ぎ立てそうで」

ミスター・ジョンソンは笑った。

「お相手に、自分が払わないのを知られたくないんだな。いいよ、私が何か持って行ってあげよう」

ヘイミッシュは戻り、腰を下ろした。じきに、ミスター・ジョンソンがクラレット（ボルドー産赤ワイン）の瓶を持ってやってきて、手際よく瓶の口を開けた。ヘイミッシュは彼をメイジーに紹介した。

「ヘイミッシュのために特別のクラレットをキープしているんですよ」

ミスター・ジョンソンが言った。

「ここのお勘定を払ったあと一か月ずっとベイクト・ビーンズだけで暮らすなんて言うんじゃなきゃいいけど」

メイジーが言った。

「ああ、いや、ちょっと貯め込んでるから」

ヘイミッシュは言いながら、預金残高のことを考えた。クリスマスの買い物をしたあとは赤字にまっしぐらだ。

スープのあと、メイジーが勇気を振り絞ってヘイミッシュを次の食事に誘おうとしたとき、突然彼が言った。

「クリスマスに何か予定がある？　ご家族と出かけるとか？」

「いいえ、両親は亡くなったの。姉はオーストラリアにいるわ。小さな七面鳥を焼いて、一人でお祝いをしようと思っていたの。あなた、来てくださる？」

「まず、私に付き合ってくれれば」彼はインヴァネスの老人ホームのことを話した。「クリスマスの日にそこのコンサートに行こうと思ってるんだ」

「あら、もちろん私も行きたいわ」メイジーは喜んで言った。「帰ってからクリスマスのディナーをご一緒しましょう」

ヘイミッシュは彼女に輝くような微笑を向けた。結局とても良いクリスマスになりそう。

支配人室の電話が鳴った。ミスター・ジョンソンが出ると、「私よ、プリシラ」。プリシラ・ハルバートン・スマイスの声が聞こえた。「調子はどう?」

「予約でいっぱいですよ。お父さんかお母さんにつなぎましょうか?」

「いいえ、昨日話したから」ちょっと間があいてから、プリシラが言った。「駐在所に電話したんだけど、ヘイミッシュはいなかったわ。面倒だから、メッセージは残さなかったの。彼を見なかったかしら?」

「ああ、見ましたよ。今食堂にいますよ」

「あら、できれば……」

「ご婦人と食事中ですよ」

「あら、誰と?」

「メイジー・ピース。きれいなお嬢さん。小学校の新任の先生ですよ。もうすぐ、ウェディング・ベルが鳴るかも。ヘイミッシュを呼びましょうか?」

「いいえ」プリシラがすばやく言った。「必要ないわ」

彼女はホテルについてもう少し質問をしてから電話を切った。

支配人は切れた電話を眺めた。多少やましさを覚えながらも、一方で思った。プリシラがヘイミッシュに鎖をつけて引っ張り続けている限り、彼はどうして彼女を思い切ることができるだろう？

ヘイミッシュはメイジーを彼女の家まで送り、駐在所へ戻った。留守番電話を聞くと、メッセージが二つ入っていた。最初のメッセージは無言で、その後カチリと電話を切る音が聞こえた。二番目のは、ギャラガーさんの夫のことを調べてくれたストラスクライド警察本部の女性警官からだった。「わかったことがあるわ、電話して」

彼はグラスゴーに電話をして、彼女につないでもらった。

「良い知らせか悪い知らせかわからないけど、彼は死んでたわ」

「良い知らせだ。いつ、どんな風に？」

「二年前ゴーヴァン地区（グラスゴーの区名）で、酔っ払い同士の喧嘩でナイフで刺されて」

「ありがとう。これで片が付いた」

彼は再びギャラガーさんの農場に向かった。ヘイミッシュ・マクベス、もう役立たず呼ばわりされるのはごめんだ、彼は心の中で自分を叱りつけるように言った。この良い知らせを伝えて、あとは放っておくこと。もっとも猫は捜し続けなければならないが。

「マクベスです！」

ドアを叩きながら大声で叫んだ。

彼女はチェーンをつけたままドアを開けた。

「スモーキーを見つけたのかい？」

「いや、ですがご主人について知らせがあります。入ってもいいですか？」

台所で、彼女がヘイミッシュに顔を向けると、彼は言った。

「ご主人は死んでいました」

彼女はくずおれるように座り込んだ。

彼は帽子を取り、テーブルの上に置くと、彼女の向かいの椅子に座った。

「どんな風に、いつ死んだんだい？」

「二年前、酔っ払い同士の喧嘩で。ナイフで刺されて」

「ありがとう」彼女は消え入りそうな声で言った。「私はバカな老婆だよ。もっと前に助けを求めてりゃよかったのに」

「彼はあなたを死ぬほど怖がらせたんでしょうね。どうして、そんな男と関わり合いになったんです？」

「そんな男とは思わなかったんだよ」

彼女は吐き出すように言った。以前のそっけなさが戻ってきた。

「前にも言ったけど、オーバンの近くの農場に両親と住んでいたんだ。オーバンからすぐのところに。ある日彼がバイクで立ち寄った。一晩泊めてくれないかって。母さんは承諾した。道路沿いに宿の看板は出していなかったけど、毎年やって来る数人の常連客だけを泊めて朝食を出していた。彼は二晩泊まりたいと言った」

彼女の灰色の目は夢見るような色合いになった。まるで、長いトンネルの向こうの、まだ人生が無垢だった輝かしい過去を見ているかのように。

「彼はハンサムだった、背が高くて金髪で。グラスゴーから来たって言った。私は世間知らずの箱入り娘だったけれど、映画を観に行ったこともあった。だから、他の女の子と同じ、みんなジェイムス・ディーンに夢中だった。ヒューは大きなピカピカのバイクに乗っていて、革のジャケットを着ていた。映画に行き、ダンスをした。二日じゃなく二週間いて、私に結婚を申し込んだ。私は天にも昇る心地だった。彼はいい仕事についている、セールスマンなんだと言った。教会で結婚式を挙げたかったけど、彼は急いで仕事に戻らなくちゃならないと言った。両親は怒ったけど、私は二十一歳、止めようとしても何もできなかった。登記所で結婚届を出して、彼はグラスゴーへ行ってしまった。私は荷作りをして、列車であとを追った。彼は両親は亡くなっていると言った。お茶はどうだい？」

ヘイミッシュはいらないと首を振った。

「彼の部屋の有様はちょっとショックだった。スプリングバーンの安アパートで、暗くてみすぼらしかった。心配ない、ちょっと考えていることがある、じきにここを出るよと彼は言った。それから、何もかも崩れていった。父さんが電話をしてきて、農場の事務室からお金が無くなっている、ヒューが盗ったとしか考えられないと言った。もちろん私はヒューをかばった。喧嘩になって、父さんは、正気に返るまで二度と家には帰って来るなと言った。それから、ある日、ヒューがいないときに彼の両親がやって来た、そう、両親が！　父親は飲んだくれで、母親はあばずれだった。ヒューが帰ってきて二人を叩き出した。なぜ嘘をついたのと聞くと、両親のことが恥ずかしかったから、それに父親にいつもぶたれていたと言った。

そう、私は彼の言葉を信じた、信じたかったから。それから、警察がやって来た。バイクを盗んだって。短い実刑判決を受けて、出てきたとき、本性をさらけ出し始めた。酔っぱらって、私をぶった。でも、まだ彼を愛してた。それにプライドがあったから、両親のところへは帰れなかった。だけど、状況はどんどん悪くなっていった。悪い奴らが山ほどやって来るようになった。それからある日、母さんが電話をしてきて、父さんが亡くなったと言った。私は葬儀のために家へ帰った。ヒューは、父さんが私に何か残したんじゃないかと聞いたけれど、私は何もと答えた。本当のことだった。父さんはすべてを母さんに残した。母さんは農場を売って、オーバンの小さな家に引っ越した。母さんは父さんが死んだあと、立ち直れなかった。癌になって、一年後母さんも死んでしまった。母さんは私に何もかも残してくれた。ヒューは私と一緒に来なかった。私は弁護士に会い、母さんの残したお金を手に入れた。家を売ってできた残りのお金は、オーバンの銀行に私の名前で預金されると言われた。だけど私は、ヒューにお金のことを言うつもりだった。彼が立ち直ってくれるとずっと思っていたから」

彼女は涙もなくむせび泣いた。

「グラスゴーに帰るとヒューは仲間と騒いでいた。酒瓶がそこら中に転がり、彼の膝にやせた女が座っている。もう限界だった。私は出ていくと言った。彼はむかっ腹を立てて、みんなを追い出すと、私をベルトでぶった。私は家族の写真を何枚か持ってきていたけど、彼はそれを燃やしてしまった。彼から離れることはできない、いつだって捜し出してやると彼は言った。その晩、警察がやってきて、彼は強盗罪で逮捕された。私は裁判の間だけそこに留まっていた、彼が刑務所に入るとわかるまで。それからオーバンへ戻った。母さんの家が売られるまでそこにいて、その後ここへやって来た。人はみんな悪人だと私は決めつけた。農場と羊だけを守ってきた。あのミセス・ダンウィッディは農場を買う交渉をしている間ずっと親切だった。だけど、あんまりいろいろ聞き出そうとするので、会わないことにしたんだ」

「ミセス・ダンウィッディはインヴァネスの老人ホームにいますよ。卒中を起こして。記憶をなくしているようです」

ヘイミッシュは詳しいことは言わなかった。気難しいギャラガーさんに、彼女のことを探り出そうとしたことを知られたくなかった。

「まあ、それは……」

彼女はぼんやりと言った。

「だから、もう心配ありません。出かけて行って、人と話すといい」

「今から人と付き合うには、もう自分のやり方に凝り固まっちまってる、お若いの、それに心配ごとは終わっちゃいない。私の猫はどうなっているんだい？」

「捜していますよ」

ヘイミッシュはそう言って、立ち上がった。彼はギャラガーさんを力なく見下ろした。孤独と人嫌いの長い年月を打ち破るのは無理なのかもしれない。

第四章

ヘイミッシュは先月ハイランド地方で起こったコソ泥の全リストを送ってくれるよう、ストラスベインの地方本部に要請した。その後ノーザンに出かけて、もう少し聞き込みをすることにした。寒い静かな日だった。これまでクリスマスに雪が降ったことはないが、今年は、ほんの少しでも降って、子どもたちを喜ばせてくれたらと願った。ギャラガーさんの農場のそばを通ったとき、彼女が畑に出ているのが見えた。何か叫んでいる。彼は車を停め、エンジンを切って窓を開けた。

「スモーキー！」彼女は叫んでいた。「スモーキー！」

その声は冬景色の中を響き渡り、ロックドゥの頭上にそそり立つ双子の山から彼女の悲しげな声がこだまとなって返ってきた。彼は左右に注意しながら、ゆっくり車を進めた。突然、灰色と白の猫を見たような気がした。だが、それは驚いた鹿だった。車の前を横切り、大きく跳ねると、道路横の灌木の林へ消えていった。

ヘイミッシュはノーザンへと車を進めた。着くと、本通りに沿ってイルミネーションが取り付けられているのに気づいた。男が二人、大きな鉢に入ったツリーを通りの端に置こうとしている。彼はミスター・シンクレアの店に入っていった。

「ああ、あんたか」

「イルミネーションを付けたようですね。もう一組あったってことですか？」

「いいや、違う。あのイルミネーションは自腹で付けたんだ。私が金欲しさに付けたがったなんていうやつらを黙らせるためにな」

「あれ以来ノーザンで盗まれたものは？」

「知らんね。あの窃盗だけでは十分じゃないというのか？」

「ちょっと思っただけです。よそ者がうろついている噂はありませんか？」

「なあ、私は客の相手で忙しくて、そんなことに気づく暇はないよ」

ヘイミッシュは考え込みながら彼を見た。ひょっとして、ミスター・シンクレアが自分でイルミネーションを盗んで、大騒ぎになったので、元に戻し、新しいのを調達したと言っているんじゃないだろうか。

ヘイミッシュは店を出て、湖の方へぶらぶら歩いて行った。しばらくツリーを立てるのを見てから、釣具屋へ入っていった。ミスター・マクフィーが顔を上げた。

「またあんたか」

「そうです、よそ者を見かけなかったか、まだ調べて回っているんです。たぶん若いやつらが四人、4WDに乗ってたと思うんですが」

「そんなもん、何にも見ちゃいねえ」

ヘイミッシュはあたりを見回した。

「この時期は、あんまり商売にならんでしょう」

「家で座ってテレビを観ているよりましさ。クリスマスは嫌いだ。そういうこった」

「クリスマスには何をするつもりです？」

「座って、飲んだくれて、テレビを蹴って壊しちまうのを我慢するくらいのことさ。『サウンド・オブ・ミュージック』の再放送があると思うかい？　全く気が狂っちまうぜ」

「ちょっといいですか？　私とロックドゥの小学校の先生は、クリスマスに老人ホームでコンサートを開いて、お年寄りを元気づけようと思ってるんです。あなたも来ませんか？」

「わしはそんなに年を取っちゃいねえ。まだ六十八だ」

「私だって年寄りじゃない。だが、ちょっとばかり面白いと思うんです」

ミスター・マクフィーはじっとヘイミッシュを見ていたが、やがて言った。

「ああ、面白いかもな。いつ出発するんだい？」

「あとで知らせましょう、いや待って、今わかると思います」

ヘイミッシュは携帯電話を取り出し、アンダーウッド夫妻にかけた。奥さんのベラが電話に出た。

「コンサートは何時からだい、ベラ？」

「午後三時からよ、ヘイミッシュ。私たちミスター・ウィルソンに会いに行ったの。彼、コンサートのこと、とても喜んでたわ」

「私も友だちを連れて行くよ」

「いいわね、じゃあ、そのときに」

ヘイミッシュは電話を切った。

「二時にあなたを迎えに来ます」

ミスター・マクフィーは目に見えて元気づいたようだった。

「まったく」と頭を振りながら言った。「うちのやつが死んでから、最後に出かけたのはいつのことやら、忘れちまったよ」

「奥さんはいつ亡くなったんです?」

「二年前さ」

彼の目にわびしい孤独の影が見えた。なぜだか、ヘイミッシュはギャラガーさんのことを考えた。なんとみじめな寂しい人生だろう!

「よかった」彼はミスター・マクフィーに言った。「クリスマスに会いましょう」

ヘイミッシュは大勢の村人に、若いやつらを見かけなかったか聞いて回り、それから駐在所へ戻った。ストラスベインからファックスが来ていた。彼はコソ泥のリストを調べた。地域のあちこちで起こっている。もう一度詳しくリストを調べた。イルミネーションとクリスマス・ツリーを盗んだのは本職の泥棒ではない。たぶんあちこちうろつき回って、盗りやすいものをくすねているのだろう。彼はレアグ地域の窃盗に目を留めた。ある農夫は納屋から道具箱を盗まれ、他の一人は発電機を、もう一人は鶏小屋を建てるのに使おうとしていた厚板を。

ヘイミッシュは午前中にレアグへ行くことにした。

メイジー・ピースはインヴァネスの友人に電話をかけた。

「ねえ、聞いて、ルーシー。結局村のおまわりさんと結婚することになるなんて思いもしなかったわ。そうなの、彼、すごくハンサム。クリスマスに老人ホームのコンサートに行くの、二人っきりでね、それから彼にクリスマス・ディナーを振る舞うの。その後何が起こるか、わからないでしょ！」

翌日朝早く、ヘイミッシュは食料品を買いに雑貨屋へ行った。支払いをしながら、彼はミスター・ペイテルに尋ねた。

「万引きする小学生はたくさんいるかい？」

「いいや、そんなに」インド人の店主が言った。茶色い顔の中で白い歯が輝いている。「鏡を付けたんだ。だからたいてい捕まえられる。ああ、あんたに心配してもらうことなんかないよ、ヘイミッシュ。自分でなんとかできるから」

「モラグ・アンダーソンっていうちっちゃい女の子を知ってるかい？」

「ああ、子どもは全員知ってるよ」

「その子が何か盗ったことがあるかい？」

「よせよ、ヘイミッシュ。彼女は聖人だよ、いつだって礼儀正しい。良い行儀のお手本だよ」

ヘイミッシュは食料品の袋を受け取った。

「両親のために買い物をしに来るかい？」

「いや、買い物は母親がしている」

「お菓子を買うだけ？」

「いいや、お菓子は禁止だと言ってるよ」

「クリスマスもなし、お菓子もなし、なんという生活だ！　じゃあ、あの子は何を買うんだい？」

「キャット・フードだけだよ」

ヘイミッシュは凍り付いた。

「そんなことありえない、だろ？」

「ヘイミッシュ」ミスター・ペイテルが文句を言った。「あんたの後ろに行列ができてるよ」

「すまない」

ヘイミッシュは店の外に出て立ち止まった。

「いったいどうしたんだい、おまわり？」叱りつけるような声が聞こえた。「でくのぼうみたいに突っ立って。勤務中じゃないのかい？」

ヘイミッシュはカリー姉妹にとっつかまった。教区の未婚の姉妹ネッシーとジェシーだ。二人ともツィードのコートをピチッとボタンを留めて着て、きつくパーマをかけた頭にウールの帽子を被っている。

「こんなとこに突っ立って、何をぼーっと見ているんだい、ぼーっと見てるんだい？」

ジェシーが言った。何もかも二回繰り返して言う苛立たしい癖がある。

ヘイミッシュは突然まばゆい微笑を浮かべた。

「お美しいあなたがたを、マダム」

「何をバカなことを」ネッシーが言った。「見とれるのはわたしらじゃなくて、新しい小学校の教師だろう」

「彼女に注意してやらないと、やらないと」ジェシーが言った。

「アンダーソンさんちは猫を飼っていますか？」

「なんだって？　村の外れの大きな家の？」

「ええ」

「見たことないねえ、ないねえ」ジェシーが言った。「飼っちゃいないと思うよ。奥さんはなんせきれい好きだ、きれい好きだ」

「ちょっと思っただけです」

ヘイミッシュはぶらぶら歩き去った。駐在所に戻ると、食料品をしまい込んだ。

さあ、想像をたくましくしてみようじゃないか、彼は思った。聖人のようなモラグがギャラガーさんの猫を盗んだ。彼女はどうやって猫を両親から隠しているんだろう？　母親が自慢そうに言っていた。家の最上階に彼女は自分だけの部屋を持っていると。

それじゃ、ちょっと行って、ミセス・アンダーソンにお宅は猫を飼っていますかと聞いてみようか。飼っていないと言えば、じゃあ、なぜモラグがキャット・フードを買うのかと。突然思った、こんな役目は嫌だと。誰か他の人がやってくれたらいいのに。

彼は自分が間違っていることを願った。ギャラガーさんに伝えることを考えると、気おくれがした。彼女は訴えるに違いない。重い心で駐在所を出て、湖岸を歩いて行った。アンダーソン夫妻が家にいなければという淡い期待を持っていたが、ストラスベインの工場はクリスマス休暇で、最初に彼らを訪ねたときと同じく、ミスター・アンダーソンは家にいるだろう。

ヘイミッシュは呼び鈴を鳴らした。ミスター・アンダーソンが玄関に出てきた。彼は眉をひそめて言った。

「あんたがまたクリスマスについて説教しにやって来たのなら、警察本部に通報しますぞ」

「あなたと奥さんにお話があります。窃盗の件で」

ミスター・アンダーソンはとても驚いたようだった。

「入っていただいた方がよさそうだ」

ヘイミッシュは薄暗い居間に入っていった。ミセス・アンダーソンが編み物をしている。彼女は顔を上げ、驚いて金属製の編み棒を床に落とした。

「おまわりさんは窃盗の件で話しに来られたそうだ。私たちに何の関係があるのか、全くわからんが」

「座りませんか」ヘイミッシュは帽子を取り、彼らが何か言う前に座った。「こういうことです。ノーザン・ロードの外れに住んでいるミセス・ギャラガーは猫を飼っています。

その猫がいなくなったんです」

ミセス・アンダーソンが目を丸くした。

「それがいったい私たちに何の関係があるんです？」

「猫を飼っていますか？」

「いいや、猫なんぞ飼っとらん！」ミスター・アンダーソンがいきり立って言った。「よくも、のこのこやってきて、仄めか……」

「では、なぜモラグはキャット・フードを買っているんです？」

ヘイミッシュは感情を抑えて言った。

夫妻は彼をまじまじと見た。

それから、ミスター・アンダーソンが階段の下へ行って、叫んだ。

「モラグ、下りて来なさい！」

彼らはモラグが来るまで黙って待った。清潔な白いブラウスにプリーツ・スカートをはいたモラグは小さく、小ぎれいだった。

「おまわりさんは、おまえがキャット・フードを買ったと言っているが」

モラグは青くなった。

「ある人のために買ってあげたの」

「誰のために？」ヘイミッシュは優しく尋ねた。「君がキャット・フードを買ってあげたという人にあたってみたいと思うんだが」

モラグの目から大粒の涙がこぼれ、すすり泣き始めた。ピリピリした空気が部屋を満たした。

ミセス・アンダーソンは居間を出て、二階へ上がった。モラグは立ったまますすり泣いている。

「お座り、嬢ちゃん」

ヘイミッシュが言った。

だが、彼女は泣き続けた。ヘイミッシュは彼女の父親をにらみつけた。何かするとか、言うとか、できないのか？

ミセス・アンダーソンが、戻ってきた。微笑を浮かべている。

「猫なんかいませんわ！」勝ち誇ったように言った。「あなたはモラグを怖がらせただけですわ」

「まだ、キャット・フードの説明がついていませんよ。二階を見せてもらってもいいですか？」

ヘイミッシュが言った。

「どうぞ、ご勝手に！」ミセス・アンダーソンが叫んだ。「だけど、今日中にあなたへの苦情がストラスベインの警察へまっすぐ届きますからね。子どもを死ぬほど怯えさせたって。あなたはひどい人だわ」

ヘイミッシュは分厚い絨毯が敷かれた階段を上がり、モラグの寝室へ入った。白い清潔な部屋。白いベッドカバー、白いひだ飾りのついたカーテン。彼はあちこち、ベッドの下まで調べた。それから居間とトイレも調べたが猫はいなかった。階段の踊り場にドアがあった。それを押し開けると、そこは使い古した家具やスーツケースが山積みの納戸だった。向かいの窓のそばに水のボウルとキャット・フードのボウルがあった。

「スモーキー！」

彼は呼んだ。

かすかなニャオという鳴き声がスーツケースの中から聞こえた。彼はそのスーツケースの側面に空気穴が開けられているのに気づいた。蓋を持ち上げると、小さな灰色と白の猫が目をぱちくりさせて彼を見上げた。「おいで」優しく言って、猫をつまみ上げると、猫は彼のあごに体をすり寄せてきた。彼はゆっくり階段を下りた。

母親は猫を抱いたヘイミッシュを見て叫び声をあげた。父親は娘に向かって大声でわめきたてた。悪魔の手先だの、こんなに良くしてやっているのに、よくもそんな振る舞いができたものだのと。

「何かを愛したかったの、そして愛されたかったの」

モラグはもう泣き止んでいた。

「ギャラガーさんの家へ入って、猫を盗ったのかい？」

「いいえ」モラグはささやくような声で言った。「学校帰りにギャラガーさんの農場の横を歩いていたら、猫がいたの。猫は私の方へやって来た。私が好きなの。スモーキーは私が大好きなの。家へ連れて帰って、ちょっとだけ遊ぼうと思ったの。それだけだったの。でも、そのあと怖くて返せなくなったの」

ヘイミッシュは両親の方を向いた。

「さて、結局悪気はなかったってことです。道でうろうろしているのを見つけたって、ギャラガーさんに言うだけでいいと思いますがね。モラグを訴えられたくはないでしょう？」

「嘘をつくことはできない」ミスター・アンダーソンが怒鳴った。「モラグとその動物をミセス・ギャラガーのところへ連れて行くがいい。娘を罰するかどうかは彼女次第だ」

ヘイミッシュは不快な気持ちで彼を見た。

「わかりました、そうしましょう。だが、その後ちょっと言いたいことがあるので戻ってきます。コートを取っておいで、モラグ。スカーフも被りなさい。外は寒いから」


ヘイミッシュは今は泣き止んでいるモラグを連れて、駐在所の前に停めてあるランドローバーまで湖岸を歩いた。

「スモーキーを君の膝に乗せてしっかり抱いてやってくれるかい。猫はエンジンの音に慣れていないと、ひどく怖がることがあるからね」

モラグはヘイミッシュからスモーキーを優しく抱き取ると、助手席に座った。そして悲しそうな小さな声で訊いた。

「私、地獄へ落ちるの？」

「いや、そんなことはない」ヘイミッシュはクラッチを入れながら言った。「テレビを観ないのかい？」

モラグは悲しそうに首を振った。

「ニュースで言ってた。地獄は廃止されたって。ほんとだよ。信じて。君は聖書を読むだろう?」

彼女はうなずいた。

「新約聖書?」

またうなずいた。

「正直者より罪人が天国に入る方がずっと喜ばしいとされていることを知らないのかい?」

彼女は大きく目を見開いて彼を見た。心底驚いている。

「私は警官だ」ヘイミッシュはもったいぶって言った。「嘘はつかない」

ギャラガーさんの農場に着き、彼は言った。

「猫を私によこして、ここで待っていなさい。逃げるんじゃないよ」

スモーキーを胸に抱いて、ドアをノックした。カチッと一度音がしただけで、ドアが開いた。

「ああ、神様、スモーキーね!」

安堵の涙がギャラガーさんの顔を流れ落ちた。ヘイミッシュは自分を涙の池のアリスのように感じ始めていた。

「ちょっとお話があります」

彼はギャラガーさんについて、家へ入った。

彼女は鋭く彼を見た。

「スモーキーは野原をうろついていたんじゃない。しっかり餌をもらっていたようだし、きれいだ」

「そう、ちょっと説明させてください」

ヘイミッシュは座り、モラグについてすべて話した。厳格な両親のこと、物質的な快適さは持っているが、愛情は少しもないように思われることなど。「愛し愛されるものが何か欲しかっただけだと、言っています。待って！」ギャラガーさんの顔に怒りが浮かぶのを見て、彼は手で制した。

「私はあなたに嘘をつこうとしました。あなたが大人に意地の悪いことをするだけでもひどいが、小さい女の子をいじめることは絶対して欲しくなかった。スモーキーはその辺をうろついていたと言おうと思ったんです。だが、あの最低な両親は、モラグをここへ連れて行け、そして、もしあなたが可愛そうな子どもを犯罪者にしたいなら、訴えるがいいと言いました」

「子どもは外にいるのかい？」

「ええ」

「連れてきて」

「わかりました」ヘイミッシュは疲れたように言った。「なんてクリスマスだ！」

ヘイミッシュはランドローバーへ行き、モラグに言った。

「行って、謝ってくるといい」

モラグは車から降りて、ヘイミッシュを見上げた。恐怖で目を見開いている。

「あの人魔女でしょ。みんなそう言ってる」

「そんな風に思われているかもしれんが、魔女は十八世紀にいなくなったんだよ。私は警官だ、ほんとのことを言う。だから、そんなバカな考えはやめるんだ」

二人は家へ入った。ヘイミッシュがそっと彼女を前へ押しやった。

モラグはギャラガーさんの前に立ち、ささやくような声で言った。

「本当にごめんなさい」

ギャラガーさんはヘイミッシュを見て言った。

「出て行っておくれ、おまわりさん。ちょっとこの子と話をするから」

彼はためらった。

「さあ早く。この子を取って食いやしないよ」

ヘイミッシュはしぶしぶ外に出て、ランドローバーに乗った。数年前にタバコをやめていたが、近くにタバコ屋がなくてよかった。突然無性にタバコが吸いたくなったからだ。待ち続けたが、とうとう我慢できなくなり、ギャラガーさんの家へ戻り、入っていった。ギャラガーさんとモラグはテレビの前に座っていた。モラグは膝にスモーキーを抱いている。ギャラガーさんが立ち上がって、ヘイミッシュに言った。「ちょっと外で話そう」

ヘイミッシュと一緒に外に出ると、ギャラガーさんが言った。

「あの子の親のところへ戻って言っておくれ、モラグの罰は、学校が休みの間、毎日午後ここへ来ること。社会奉仕だよ」

ヘイミッシュはニヤッと笑うと、かがみこんで彼女の頬にキスした。

「五時に迎えに来ますよ」

そう言って、ランドローバーへ意気揚々と引き返した。

ヘイミッシュは口笛を吹きながら、走り去った。さあ、あの両親と対決だ。

ミスター・アンダーソンについて居間に入ったとき、心の中で繰り返していた怒りの言葉が彼の唇から消えた。ミセス・アンダーソンは泣いていたようだ。目が赤くなり腫れていた。また涙だ、ヘイミッシュは思った。涙、涙の一日だ。

「万事うまく収まりました」ヘイミッシュは平静に言った。「だが、あなた方のおかげじゃない。ギャラガーさんは、モラグが学校の休みの間、毎日午後に彼女のところに来させるように言っています、一種の社会奉仕として。モラグはしばらく彼女のところにいて、五時に戻ります。ところで、彼女が猫を盗ったのは間違ったことですが、友だちがいない、両親が厳しい小さな女の子にとっては、何か愛情を注ぐものが必要だったのだと思います」

「でも、私たち、あの子を愛しています。欲しいものは何でもあげているし」

ミセス・アンダーソンが叫ぶように言った。

「ああ、そうですね。自分だけの部屋も持っている。誰一人訪ねてこないが。他の子たちがサンタクロースが来ると騒いでいるのを見ています。でも、自分にはクリスマスはない、何の楽しみもないってこともわかっているんです。あなた方の教会の牧師さんを知っていますが、良い人です。クリスマスを祝うのを禁じて、小さな女の子を苦しめるのを、あの牧師さんが喜ばれるとは思いませんね。モラグは学校の成績がとても良い、あなた方はそれを当然のことと思っている。自分の部屋まで持っている、それはあなた方のおかげだと。人生には物質的なものより大事なことがあります。たかが猫一匹のことで、自分の子どもを裁判にかけて刑罰を受けさせようなんて、どうにも理解できない。彼女の人生を破滅させるかもしれない。彼女はあなた方が高齢になってからの子どもだから、若い親のように、ピクニックや映画に連れて行ってやることもないでしょう」

「映画など悪魔の仕業だ」ミスター・アンダーソンが重々しく言った。「裸のみだらな女たち……」

「黙れ、エロおやじ！」ヘイミッシュはカッとなって怒鳴ってしまった。「ウォルト・ディズニーを知らないんですか？　娘の人生の楽しみを全部このまま取り上げ続けたら、彼女は大人になったその日に逃げ出すでしょう。そんなことになるのを何度も見てきました。あなたたちみたいな親はそこに座り込んで、なぜだろうと思案するばかりで、自分の態度を顧みようなんて露ほども思わない。ストラスベインに通報しようなんて、考えないことです。私は猫のことは全部否定する、思い違いでなければ、ギャラガーさんも。ああ、全く、もうちょっと朗らかになれませんか。ここはまるで霊安室だ。もう行きます、だがあなたたちの様子は見ていますからね。このことでモラグを責めたりしたら、スコットランド児童保護協会が玄関先にやって来ることになるでしょう。さようなら」

ヘイミッシュは憤然として立ち去った。車で駐在所へ戻りながら彼はつぶやいた。

「映画が悪魔の仕業だと、何をばかな！」

「スター・ウォーズは観たことあるかい？」

「いいえ、ギャラガーさん」

「アリスと呼んでおくれ。たまたまビデオがあるんだ」

ギャラガーさんはビデオ・デッキにテープを入れ、喜びのため息をついた。誰かと一緒にビデオを観るのはいいものだ。モラグが噂話をしたり、意地悪なことをする心配はない。ほんの小さな女の子だ。大人じゃない。だけど、それでも一緒にいるのはとても楽しい。

ヘイミッシュが五時にモラグを迎えに来た。彼女はギャラガーさんに手を振って、叫んだ。

「また明日、アリス！」

「そう、アリスって呼ぶんだね？」

「すごく楽しかった」モラグが言った。

「あの人には友だちが必要なんだ」

モラグの顔から幸せそうな表情が消えた。

「お父さん、お母さんはカンカンに怒るでしょうね」

「真実はこうなんだと説明しても、わかってもらえないこともある」ヘイミッシュは慎重に言った。「今まで何をしていたんだい？」

「スター・ウォーズを観ていたの」

「そうか、だがそれは内緒にしておこう。おばあさんの話し相手になって、農場の仕事を手伝ってたと言うんだよ」

「お父さんは映画に反対なの」

「そうだね。まあ、気楽にしていなさい。そんなに罰は受けなくてすんだんだから」

彼はモラグと一緒に家へ入り、「帰る前に一言」と厳しい口調で両親に言った。

「クリスマスの行事は嫌なら避けて通ればいいでしょう。それでもキリスト教徒としての務めを少しばかり果たすことができます。インヴァネスのある老人ホームでクリスマスにコンサートが開かれます。ピース先生とギャラガーさんを連れていきますが、モラグもきっと行きたいと思います。モラグのような女の子に会えば、お年寄りは元気づくでしょう。あの子はお年寄りとうまくやるこつを知っているようです。それでキリスト教徒としての務めを果たすことができます」

ヘイミッシュは抗議の嵐を待ち受けたが、ミスター・アンダーソンは弱々しく言った。

「反対する理由はありません」

「けっこう。私がみんなを連れていきます。ところで、モラグはもう充分罰を受けたと思いますよ。ギャラガーさんが明日正午に彼女を迎えにきますから」

ヘイミッシュはさっさと退出した。自動車修理場からマイクロバスを借りた方が良さそうだ。みんなをパトロールのランドローバーに詰め込むのは無理だろう。

メイジーはチェリー・レッドのドレスを試してみた。とてもすてき、華やいだ感じで、クリスマスにはもってこいだ。夢見心地で、ヘイミッシュと二人でのインヴァネスまでの長いドライブのことを考えた。彼が彼女の膝に手を置いて言う。「そろそろ落ち着こうかと考えているんだ」そう、独身の男を捕まえたら、何が起こったって不思議じゃない。

あくる日、モラグのことにかまけて、レアグに行くのを先延ばしにしていたのに気づいたヘイミッシュは、手がかりを見つけようと、レアグへ向かった。昨日よりさらに寒く、空は青灰色で、霜は溶けず、草や木の上で輝いていた。

本通りの店にあちこち立ち寄ったあと、肉屋に聞き込みに入ると、店のおかみさんが振り向いて言った。

「若い子が二、三人、クリスマスのイルミネーションの箱を安売りしようとしていたよ」

ヘイミッシュはノートを取り出した。

「人相を聞かせてもらえますか」

「一人は染めた金髪で、鼻に輪っかを着けてた。もう一人はずんぐりして、色黒だった。金髪の方は赤いアノラックにジーンズ。色黒の方は古っぽいツィードのコートにやっぱりジーンズ」

「どんな靴をはいていました?」

「以前はサンドシューズって言ってたやつ。スニーカーとも言ったね。今じゃランニングシューズって言うやつだよ。色は白」

「ありがとう。他に変わったところは？　タトゥーとか、おかしな髪形とか？」

「着込んでいたから、タトゥーには気が付かなかったよ。おかしな髪形って、どんな？」

「ツンツンとんがってるとか、剃り上げてるとか、そんな風な」

「色黒の方はほとんど坊主だった、それしかわからなかったね」

ヘイミッシュは店を出て、通りを聞き込みして回った。地元の人たちにあれこれ尋ねていると、ヘイミッシュが言った風体の二人の男が小さなトラックに乗り込むのを見たと知らせてくれる人がいた。いや、ナンバーには気が付かなかった。だが、古い泥だらけの青い車だったよ。

ヘイミッシュはレアグの周辺を捜すことにした。レアグの外れのリアンブレックの農家に立ち寄ってみたが、そこの住人は何も見ていないという。それから、右左に注意を払いながら、駅を通り過ぎた。その後レアグに戻り、今度はロッキンバー・ロードに出た。忌々しいことに急激に日が暮れていく。

彼はあたりの荒れ地にくまなく注意を払っていたため、目がしょぼつき、時速十マイルで走るのに疲れ果ててしまった。スピードを上げて、ロッキンバーへ行ってお茶を飲むことにした。そのとき、荒れ地の向こうに何か白く光るものが見えた。急停車して、ランドローバーから降りた。薄暮の中で白いトレーラーらしきものを認めた。荒れ地を横切って歩いて行った。日は沈み、大きな星々が緑がかった空で輝き始めた。

近づくと、トレーラーのそばに停まった青いトラックの後尾扉が見えた。カーテンを閉めた窓からかすかな光が漏れている。ヘイミッシュは、二人の、もしかしたら四人の若者に一人で立ち向かう気はなかった。もし映画の中だったら、誰の助けも借りず、空手チョップを二、三発お見舞いしてやるところだが、これは映画じゃない。それに援護を要請する電話をかけるには、もう少し証拠を集めないと。

彼はそっと忍び寄った。トラックの荷台は防水シートで覆われている。シートの下を覗いてみると、薄暗がりの中でいくつものクリスマスのイルミネーションの箱が見えた。トラックの反対側にクリスマス・ツリーが置かれていた。

彼は素早く静かにランドローバーへ戻ると、ストラスベインの本部へ電話をかけた。「ロッキンバーへ戻ります」彼は報告に付け加えた。「やつらが窓から外を見て、警察の車に気づいたら困るので」

彼はロッキンバーへ向かい、湖岸に車を停めて、ハイランドの広大さを呪いながら待った。警官の一隊がフラッシュ灯を点けて、サイレンを鳴らして来ないことを願った。

やっとパトカーが四台到着した。先頭の車からブレア警部のかさ高い体が現れるのを見て、心が沈んだ。

「こんなちっぽけな事件に、あなたがお出ましにならなくても、警部」

「その小僧どもは、サザーランドの一連の窃盗事件の犯人かもしれん」ブレアが言った。

「やつらがどこにいるか教えろ、そのあとはさっさとお前の羊のとこへ帰れ」

ヘイミッシュは動かなかった。

「暗いので、私がいないとやつらを見つけられないでしょう」

「そうか、じゃあ、先導しろ」

ヘイミッシュが出発し、パトカーが連なって後に続いた。家々の窓のカーテンがちらっと動く。ロッキンバーにやつらのガールフレンドがいなきゃいいんだが。携帯電話のあるこのごろは、望ましくないときに、悪党どもに情報が洩れる可能性がある。

彼は道路脇に車を停めて、荒れ地の向こうを眺めた。トレーラーはまだそこにあった。全員トレーラーの中にいるといいんだが。彼は車を降りて、ブレアたちを待たずに歩きだした。だが、すぐ後ろにみんながついてくるのがわかった。ブレアがヘイミッシュ・マクベスに手柄を立てさせるわけがない。

トレーラーのそばに着くと、暗闇の中でブレアが小声で噛みつくように言った。

「よし、マクベス。ドアをノックして、そのあとは任せろ」

ヘイミッシュはドアをノックした。

「誰だ？」

中で声がする。

「警察だ！」

そのとき、大きくはっきりと警告するような犬の吠え声が聞こえた。彼の知っている声だ。死んだ彼の犬タウザーの声。彼はドアの横の地面に伏せたちょうどそのとき、ショットガンの一撃がドアを打ち砕いた。もしドアの前に立っていたら、ハイランドの警官が一人木っ端みじんになるところだった。

「お前たちは囲まれている！」彼は立ち上がりながら叫んだ。「我々は武装している。銃を捨て、手を上げて出てこい」

トレーラーからは何の音も聞こえない。ヘイミッシュは悪態をついた。奴らが武器を持っているとは全く予想していなかった。

ドアを蹴り開けて、一人また一人と頭の後ろで手を組み、男たちが出てきた。ブレアがとって代わり、彼らを地面に伏せさせ、手錠をかけた。容疑が言い渡された。窃盗と警察官殺人未遂。男たちはパトカーへ引き立てられていった。

「あほうめ」ブレアがヘイミッシュをなじった。「やつらが武器を持っていると言わなかったな、おかげで危ないとこだった」

「知らなかったんです。あなたも知らなかったでしょう」ヘイミッシュが抗議した。「それに、殺られそうになったのは私ですよ」

「だが、お前は銃がぶっ放されるのがわかった、なぜだ？」

ヘイミッシュはニヤリとして言った。

「ハイランドの直感ってやつで」

「くだらん！」

ブレアがうなった。

警官たちが引き揚げたあと、ヘイミッシュは自分の手が震えているのに気づいた。ロッキンバーに戻り、ホテルのバーへ行くと、ウイスキーをダブルで注文し、その後コーヒーをポットで注文した。ある考えが彼の頭の中で形を成し始めた。二、三時間待ってから、彼はもう一度トレーラーのところへ行った。鑑識チームが梱包を始めていた。

「イルミネーションを全部載せたトラックをここに置いたままにしておけないだろう。誰かがくすねるかもしれない。トラックのキーはあるかい?」

「イグニションに付けたままだよ」

「君たちの誰かがトラックを運転して駐在所まで来てくれるといいんだが、そこだと私が保管しておける」

「できるだろう」鑑識の一人が言った。「お前たち二人、この警官と一緒にトラックでロックドゥまで行って、そいつを駐在所に置いてこい。あんた、マクベスだな?」

「そうだ」

「あんたのこと、聞いたことあるよ」

「ちょっと待って。ツリーも持っていけるかい?」

「おい、あんな大きな木、誰が盗む?」

「わからんよ」

「よしわかった、ぼうやたち、ツリーをトラックの後ろに積み込め」

イルミネーションが事務所に運び込まれ、ツリーが駐在所の裏に置かれたあと、ヘイミッシュは二人の鑑識係を見送った。それから食事を済ませ、ベッドへ入った。明日はクリスマス・イブだ。そして彼は途方もない計画を立てている。だが、それには助けがいる。

あくる朝、ヘイミッシュは地元の自動車修理場へ行き、オーナーのイアン・チゾムに会った。

「あのフォルクスワーゲンのミニバスを借りたいんだ。クリスマスの日にインヴァネスまで人を何人か連れて行きたいんでね。まだ動くかい？」

「新品同様さ。来て見てみろよ」

彼は裏庭へヘイミッシュを連れて行った。古いミニバスがぞっとするような赤と黄に塗られテカテカに光っている。赤いペンキが途中で切れて、残りを黄色で塗ったのだ。彼のかみさんが座席に派手な模様の更紗を掛けていた。ヘイミッシュは思った、こんなバカげた乗り物は見たことがない。

「そいつを借りよう」

駐在所へ戻る途中、駆け寄ってくるモラグの小さな姿が目に入った。

「会えてよかった。ご両親とギャラガーさんに湖岸の戦没者記念碑のところから一時半に出発すると伝えてくれるかい。どうかしたの？　ちょっと緊張しているようだが。ご両親がつらく当たるのかい？」

「ギャラガーさんの罰で充分だと言ってます。そのことじゃないんです」

「じゃあ、どうしたの？」

「ギャラガーさんはローマン・カトリック教徒なんです」

ヘイミッシュは至るところで出くわす宗教的偏狭さを密かに呪った。もしアンダーソン夫妻が、ギャラガーさんはローマン・カトリック教徒だと知ったら、彼らの大事な娘が彼女に近づくことを絶対に許さないだろう。

彼は何とかさりげない声で話そうとした。感じている怒りや不満を気付かせたくない。

「そんなことでクリスマスにご両親を悩ませなくてもいいと思うよ。不安になるようなことを言って困らせない方が良い場合もあるからね」

「じゃあ、何も言わないでおいてもいいですか？」

「ああ、いいとも」

神よ、両親に嘘をつくように小さな女の子に勧めたことをお許しください。走り去っていくモラグを見ながらヘイミッシュは思った。実際には嘘をつけと言ったわけじゃない、何も言わないでおけと忠告しただけだと考えて、良心をなだめようとした。

そのまま歩き続け、ペイテルの店の前を通り過ぎようとしたとき、ほかならぬギャラガーさんその人が出てきた。買い物袋を二つ持っていて、中はクリスマスの飾りでいっぱいなのが見えた。

「いいですね」彼は買い物袋を指しながら言った。「クリスマスの準備ですか？」

「余計なお世話だ」ギャラガーさんがそっけない声で言った。「他にすることはないのかい？」

「明日一時半に湖岸であなたたちを拾うとモラグに言っておきました。その前に癇癪《かんしゃく》の発作で死なないように気を付けてください」

ヘイミッシュも応じて言った。

彼女は彼をにらみつけたが、やがて顔から怒りの表情が消え、驚いたことに少女のようにクスクス笑いだした。車の方へ戻りながらも、彼女はずっと笑い続けていた。

「あの意地悪ばあさん、いったいどうしたんだ？」肘のところで声がした。見下ろすと、アーチー・マクリーンがいた。「あの女が笑ったのを今まで見たことないのによ。何があった？　誰かがバナナの皮で滑って、足の骨でも折ったのか？」

「あの人のことは放っておけ。助けが要るんだ、アーチー。駐在所で一杯やらないか？」

アーチーの顔が輝いた。

「いいね、だけど、うちのやつには内緒だよ」

駐在所でヘイミッシュは二つのグラスにウイスキーを注いだ。

「聞いてくれ、アーチー、あんたとあと何人か心の広い漁師に助けてもらいたいんだ」

第五章

その日の午後、ペイテルの店の前に子どもたちが集まり、お菓子を分け合ったり、サンタさんから何をもらいたいか、おしゃべりしていた。ショーン・モリソンという赤毛の小さい男の子が言った。

「モラグがギャラガーさんちへ行ってるんだって」

子どもたちは驚いて口々に言った。

「あの魔法使いのおばあさんちへ！　モラグ、魔法をかけられちゃうかも」

そのときカースティ・テイラーが言った。すでに将来の厄介ごとを暗示するような媚びを含んだ目をした金髪の女の子だ。

「ショーン、あんたにはギャラガーさんちへ行って、モラグを呼び出す勇気なんて、ないよね」

「ぼく、できるよ」

「あんたにはできないわ」

「みんな一緒に来てくれたら、やるさ」

カースティはショーンの周りで踊りまわり、はやし立てた。

「こっしぬけ、こっしぬけ」

「来なかったら、ぼくがあの家へ入ったかどうかわかんないだろ」

そこで、みんなで行って、ショーンが玄関のドアをノックし、他の子どもたちは隠れることにした。


「誰だろう?」

ノックの音を聞いて、ギャラガーさんが言った。

「私が出ましょうか?」

「いいや、大丈夫」

ギャラガーさんは言って、ドアを開け、見下ろすと、ショーンが震えながら立っていた。

「モラグはいますか?」

「お入り」ギャラガーさんが言った。


「ショーンが出てこないわ」カースティがささやいた。「おばあさん、二人を鍋で煮て、夕ご飯にするつもりかも。こっそり行って、窓から覗いてみる」

カースティは窓に忍び寄り、他の子どもたちはお互いの手をぎゅっと握り合った。しばらくして、カースティが金髪を風になびかせ、寒さに頬を真っ赤にして、駆け戻ってきた。

「ストーブの前に座って、フルーツケーキを食べてるわ」ハーハーあえぎながら言った。

「お砂糖ののってるフルーツケーキよ」

ギャラガーさんがドアを開けると、子どもたちが群れていた。みんな、モラグの友だちだと言う。彼女はモラグが友だちが欲しくてたまらないことを知っていたし、子どもたちがなぜやって来たのかも察しがついた。自分が地元でどんな風に噂されているかわかっていたからだ。

「お入り。ケーキもレモネードもたんとあるからね。だけどまず、電話番号を教えておくれ。あんたたちの居場所をご両親に電話しておくから」

ギャラガーさんは電話番号と名前を書きとめると、客間に電話をかけに行った。台所へ戻ってくると、モラグは子どもたちに囲まれておしゃべりをしていた。

「みんな、ケーキをお食べ、そのあとでクリスマスの飾り付けを手伝ってくれるかい、今年はちょっと遅くなってしまった」

この前飾り付けをしたのはいつだっただろう？　長い年月を振り返って、彼女は思った。子どもたちにたっぷりとケーキを切り分けてやった。スモーキーはモラグの膝の上でゴロゴロと喉を鳴らしている。


ヘイミッシュはメイジー・ピースに電話をかけた。

「明日戦没者記念碑のところから出発します。一時半に」

「わかったわ、ヘイミッシュ。じゃあ、そのときに」

彼女は切った電話を眺めた。変だこと。なぜ学校に迎えに来てくれないのかしら？　大きな七面鳥がローストされるのを待っている台所の方へ目をやった。ディケンズの小説の中のクリスマスのような感じが出したくて、大きな七面鳥を買ってしまった。本当に大きい、一か月食べ続けなくちゃならないかも。

ジェシーとネッシー・カリー姉妹はいつものように腕を組んで村内を巡回していた。村で起こっているすべてのことに目を配っていたいのだ。チゾムの自動車修理場を通りかかると、イアンがミニバスを水洗いしていた。

「こんな天気じゃ、凍り付いちまうよ」

ネッシーが言った。

「こんな天気じゃ、凍り付いちまう」

双子の妹がギリシャ悲劇の合唱隊のように繰り返した。

「マクベスに貸すんで、洗ってるのさ」

イアンが言った。

「彼は何でバスが要るんだい？」

「知らんね。だが、クリスマスの日に使うからって予約したよ」

わけを知りたくてうずうずしながら、姉妹は駐在所へ向かった。そのとき、ネッシーが妹の腕をつかんだ。

「あれを見て！」

アンジェラ・ブロディーが乳母車を押して湖岸を歩いている。

「あの人はもう赤ん坊を産める歳を過ぎてるはずよ」

ネッシーが声を上げた。

「もう産めないよ、赤ん坊は、赤ん坊は」

ジェシーが繰り返した。

姉妹は通りを横切り、アンジェラの前に立ちふさがった。

「その子は誰の子？」

ネッシーが聞いた。

「私の子よ！」

アンジェラはにっこり笑って、二人の周りでくるっと乳母車を回すと、家へ帰って行った。

「不妊治療したんだ」

ネッシーが言った。

姉妹は駐在所の台所のドアの前まで来た。ジェシーが覗くと、背の高いヘイミッシュの姿が見えた。台所は漁師たちでごった返している。

「いったい何事、何事?」

ジェシーが聞いた。

「犯罪防止会議ですよ」ヘイミッシュがそっけなく答えた。「何かご用ですか?」

「あんた、明日バスを借りるんだって、何をするんだい?」

「インヴァネスの老人ホームのクリスマス・コンサートに何人か連れて行くんです」

姉妹は顔を見合わせ、声をそろえて言った。

「私らも行く」

ヘイミッシュは二人を追っ払いたかった。

「いいですよ。バスは一時半に戦没者記念碑前から出発します」

「じゃあ、そこへ行くよ」

ヘイミッシュは来て欲しくなかった。だがあの二人が行くと決めたら、誰にも止められやしない。


クリスマス当日の朝二時、とても厚く霜が降り、あたりの景色を真っ白に変えていた。

ヘイミッシュと漁師たちは無言で素早く作業を始めた。アーチーが作業の手を止めて、ヘイミッシュにささやいた。

「もしストラスベインが知ったら、何と言うつもりだい？」

「試してるんだと言うよ」ヘイミッシュがささやき返した。「ちゃんと点くかどうか。一日だけのことだし」


クリスマス当日。モラグは目を覚まし、ベッドの横の明りを点けた。サンタさんがプレゼントを持ってきてくれるのを期待できないのはわかっている。でも、今年だけでも、彼女の家に寄る気になってくれたら、どんなにすてきだろうと悲しい気持ちで考えた。

ベッドから跳び起きて、カーテンを開け、彼女は息をのんだ。雪が降っていた。大きな羽根のような雪片が暗い空から落ちてくる。

でもそれだけではなかった。目をこすってもう一度見た。アンダーソン家は角地にあるので、窓から湖岸が見下ろせる。降る雪の向こうに、イルミネーションがチカチカ、キラキラ光っていた。戦没者記念碑の横には、これまたイルミネーションで飾られた大きなクリスマス・ツリーが立っていた。

急いで顔を洗い、服を着て部屋から飛び出そうとしたとき、ベッドの裾にかさばった靴下がぶら下がっているのが見えた。何だろう？　中身を出してみた。でっかいチョコレート・バー、小さなレーシング・カー、ナッツ、オレンジ。きっとサンタさんが来たんだ！　両親はチョコレートを禁止しているもの。

モラグは居間へ行った。クリスマスの包装紙に包まれた包みが四つコーヒー・テーブルの上にあった。急いで包みを開けてみた。三つの包みには「モラグへ、お母さんとお父さんより」というラベルが張ってある。一つはくすんだ青色のシェットランド・ウールのマフラー、もう一つは明るい赤色のセーター、そして三つ目には金髪で青い目の人形が入っていた。四つ目の包みはギャラガーさんからで、立派な木の箱に入った水彩絵の具と筆、それに大きなスケッチブックが添えられていた。

両親を捜しに走りだそうとしたとき、家の外で、あの間違えようのないソリの鈴の音と、大きな「ホー、ホー、ホー！」という声が聞こえた。

「サンタさんだ！」

モラグは玄関へ走っていき、ドアを開けた。雪が静かに降り、すっかり様子の変わったロックドゥにイルミネーションが輝き、黒い湖面に映っていた。空を見上げたが、去っていくソリの姿は見えなかった。そのとき、玄関先の包みに気が付いた。包みには「モラグへ、サンタから愛をこめて」と書かれていた。

彼女は居間に包みを持っていくと、膝にのせて座り、開けてみた。スモーキーによく似た灰色と白の大きなぬいぐるみの猫だった、緑色のガラスの目をしている。

モラグは両親の寝室に駆け上がり、勢いよくドアを開けた。二人がモゴモゴと起き出すと、小さな娘がベッドに飛び乗り、二人に抱きついて、キスして言った。

「すばらしいわ！　今まで生きてきたうちで一番幸せ！」

ミスター・アンダーソンはというと、以前なら、サンタクロースなんてものはいないと娘に言い聞かせ、クリスマスは異教のたわ言だというお決まりの説教をしただろうに、気づいたときには、目に涙を浮かべて娘を抱きしめ返していた。ただぶっきらぼうに「お前が喜んでくれてうれしいよ」と言っただけだった。

駐在所で、ヘイミッシュ・マクベスはアンジェラから借りたソリの鈴とサンタの声、それに金銅のチェーンの音が入ったテープ・レコーダーを台所のテーブルの上に置いた。インヴァネスへ行く前に、少し眠っておかないと。

校舎横の宿舎で、メイジー・ピースはのんびりとお風呂につかり、それから慎重に身支度をした。まず、サテンの下着を着け、チェリー・レッドのウールのドレスを着る。彼女は居間のドアに掛けた長いヤドリギの枝を眺めて、空想に耽った。彼女が恥ずかし気にその枝を指さすと、彼は彼女を腕に抱き、唇を彼女の唇に重ねる前に言うだろう。「君はきれいだ」彼女は幸せの小さなため息をつき、窓の外を眺めた。あのたくさんのイルミネーションはいったいどこから来たのかしら。湖岸に沿ってキラキラ光っている。雪が静かに降っている。あまり厚く積もって、出かけられなくならないようにと願った。

朝食をとろうとしたが、興奮のあまり食欲がなかった。時計の針の動きがなんて遅いこと。じりじりしながら待っていると、空がようやく白んできた。もう一度窓から外を見ると、小さな赤い冬の太陽が、もがくようにして水平線から顔を出した。朝十時。あと三時間待たなければ。メイジーはテレビを点け、時が早く過ぎますようにと祈った。

アンジェラがドアを開けると、カリー姉妹がいた。

「ハッピー・クリスマス！　お入りになって、シェリーを一杯いかが」

姉妹は家に入り、アンジェラの散らかった台所で腰を下ろした。ネッシーがアンジェラに小さな包みを二つ渡した。「赤ん坊に」

アンジェラは驚いて二人を見た。

「赤ん坊って？」

「あんたのだよ。乳母車に乗せてただろう」

アンジェラは当惑して顔を赤らめた。

「ごめんなさい。私の言ったこと本気になさるなんて、思いもしなかったわ。あれはクルーティー・ダンプリングよ。ミセス・マクリーンの洗濯場を使わせてもらったの。お金を使わせちゃってごめんなさい。お支払いしますわ」

「そんな必要ないよ、必要ないよ。持って帰るから。しょっちゅう産まれるから、赤ん坊は、赤ん坊は」

「シェリーはいかが？」

「いいやけっこう」ネッシーが言った。「マクベスとインヴァネスへ行くんだよ。チゾムのバスを借りたんだとさ。老人ホームでコンサートを開くんだと」

「まあ、驚くわね、あの人ったら。誰が行ってもいいの？　私たち今日のディナーは夜にしようと思ってるんだけど」

「バスは一時半に戦没者記念碑のところから出発するよ」

「うちの人に行きたいかどうか聞いてみて、たぶんご一緒するわ」


メイジー・ピースはカーニバルの車のように派手に塗られたバスをまじまじと見て、パトカーのランドローバーはどこかと、バスの向こうへ回った。すると、ヘイミッシュと一団の人々がいた。

「メイジー！　用意はいいかい？」

「ええ」

メイジーはわくわくして言った。

「けっこう、みんなそろったね。さあ、全員バスに乗って！」

カリー姉妹、ドクター・ブロディーと奥さんのアンジェラ、アンダーソン夫妻、モラグ、ギャラガーさん、みんながバスに乗り込むのを、メイジーはがっかりして眺めた。二人っきりのおしゃべりなんてできそうにもない。

だが、すぐに彼女は元気づいた。夜のディナーのときには二人っきりになれるだろう。変わった取り合わせの村人の一群だったが、バスの中にはお祭り気分が漂っていた。アンジェラが更紗の布カバーを見て笑った。バスは今では晴れ渡った空の下、ロックドゥを出て、スピードを上げた。どこもかしこも、ふんわりと雪に覆われている。魔法のような景色、ぬいぐるみの猫を膝に置いて、ギャラガーさんの隣に座り、モラグは思った。

バスはノーザンで停まり、ミスター・マクフィーを乗せた。メイジーは心の中でうめいた。いったいあと何人？

カリー姉妹がミスター・マクフィーにぞっとするような色目を使い、老人の顔に追い詰められたような表情が浮かび始めた。

彼は一番後ろの座席に移動した。じゃれつく相手をなくした姉妹は、笛のような教会用の高い声で、クリスマス・キャロルを歌い始めた。ヘイミッシュは、今回ばかりはジェシーがすべての歌詞の最後の部分を繰り返し、姉の歌からどんどん遅れていくのを面白がった。

とうとう歌が終わって静かになったとき、ヘイミッシュはいたずらっぽく目を輝かせて、ミスター・アンダーソンに一曲歌ってくれないかと声をかけた。驚いたことに、ミスター・アンダーソンはきれいなテノールで、〝島への道〟（スコットランドの伝統的な曲）を歌い始めた。父親が歌い終わり、盛んな拍手を受けたとき、モラグは喜びではちきれそうだった。

とうとう老人ホームに着き、全員が車を降りた。

ラウンジにピアノが置かれていた。ホームの入居者たちがその周りに座っている。ベラとチャーリーが縞のブレザーにカンカン帽という格好でピアノのそばに立っていた。

ミセス・ダンウィッディが叫んだ。

「まあ、ほんとにあなたなの、アリス?」

「彼女、今日はとても調子がいいんですよ」

ミセス・カークがヘイミッシュにささやいた。

みんなが座り、甘いシェリーとクリスマスケーキが一切れずつ振る舞われた。ピアノを照らすライトとクリスマス・ツリーのイルミネーション以外の明りが消された。

ベラとチャーリーは本当に素晴らしいとヘイミッシュは思った。彼らは古い歌を次々歌った。チャーリーがピアノを弾き、ベラと二人で歌った。その声はいまだに豊かで力強かった。老人たちの顔が輝き、関節炎の指で椅子のひじ掛けをトントンと叩いてリズムをとっている。

モラグは父親の手を握って座っていた。心が幸せではちきれそうだった。そのとき彼女は決心した。大きくなったら婦人警官になろう、できる限りヘイミッシュ・マクベスのような警官になろうと。

メイジーだけが落ち込んでいた。ヘイミッシュが彼女を無視したわけじゃない。他の人に対するのと同じように愛想良く振る舞っているというだけのことだ。昨夜下ごしらえをして、あとはローストするだけになっている大きな七面鳥のことを考えた。ヘイミッシュはそれを大きすぎると思わないだろうか？　テレビで世界の飢饉の番組を放送していた。やせ細った人々のことを考えると、あの大き過ぎる七面鳥はどうだろう。メイジーは気がとがめた。

コンサートは五時に終わった。またシェリーとケーキが振る舞われたあと、一同はバスに乗り込んだ。

ヘイミッシュはインヴァネスからA9で帰路に就いた。また雪が降り始め、激しい吹雪が吹き付けて、彼の視界を遮った。

もし立ち往生したら、このバス一杯の人々をどうすればよいだろう？　ヘイミッシュはミスター・マクフィーの方を振り向いた。

「まっすぐロックドゥへ向かってもいいですか？　今夜は私のところに泊ればいい」

彼はメイジーとのディナーの約束を思い出し、肩越しに彼女に言った。

「あなたもそれでいいかな、メイジー？」

「ええ、もちろんよ」メイジーは皮肉をこめて言った。心底がっかりしていた。「なんなら、みんなうちへ来くればいいわ」

ヘイミッシュは彼女の声の皮肉な調子を聞き逃し、感謝して言った。

「それは本当にありがたい」

「そうしましょう」アンジェラが言った。「私、家に寄って、七面鳥とダンプリングを持って行くわ。全部用意ができてるの。クリスマスのお祝いをしましょう」

「もし帰り着けたらだが」

ヘイミッシュは言った。

モラグがそっと座席を移り、父親の手を握った。

「父さん、私たちも行っちゃだめ？」

父親は娘の大きく見開いた訴えるような目を見て、だめだと怒鳴りそうになる気持ちを飲み込んだ。

「そうだね、今回だけだよ」

そうよ、今回だけよ。メイジーも腹立たしい気持ちで思った。彼女が振ったインヴァネスのボーイフレンドのことを思い出した。冷たくしすぎたわ、電話をして、もう一度やり直そう。

ヘイミッシュはあとになってよく思った。吹雪が勢いを増す中で、どうやってバスを走らせることができたのか、どうやってあのオンボロバスが丘を上り、丘を下り、雪をかき分け進むことができたのかと。村の入り口の太鼓橋をよろよろと渡り切ったとき、ヘイミッシュはゆっくりと安堵のため息をついた。クリスマスのイルミネーションが風の中で踊り狂っているのが見えた。

アンジェラとドクター・ブロディーがディナーの足しにとダンプリングなどを持ってやって来たころになってやっと、メイジーは楽しくなってきた。女たちは台所で彼女を手伝い、男たちはテーブルの支度をし、もっと椅子を持ってこようと嵐をついて出て行った。大勢の人々に囲まれ、感謝されて、とても良い気分になった。ミスター・マクフィーがヤドリギの下で彼女を捕まえて、大きな音を立ててキスしたときにはちょっとばかり落ち込んだが、一同がぐるりとテーブルに着いたときには、また晴れやかな気分になった。テーブルの上には、詰め物をした七面鳥の大皿、チポラータ・ソーセージ、湯気の立っているグレービー・ソース、ロースト・ポテトが並んでいた。野菜のボールが手から手へと回された。アンダーソン夫妻とモラグにはクランベリー・ジュースが、他の人たちにはワインが注がれた。

ヘイミッシュが立ち上がった。

「メイジーに乾杯、最高のクリスマスをありがとう！」

みんながグラスを挙げた。

「メイジーに！」

七面鳥が平らげられ、大皿が空っぽになったとき、アンジェラが朗らかに言った。

「ダンプリングをオーブンで温めているの。持ってきますから、ご婦人方、お皿の用意をお願いできる？」

ヘイミッシュは茶色い大きなダンプリングが運ばれてきて、うやうやしくテーブルの真ん中に置かれるのを不安な気持ちで見ていた。アンジェラの料理下手は伝説的だったから。

「取り分けてくださる、ヘイミッシュ？」

気が進まないながら、ヘイミッシュはナイフを取り、ダンプリングを切り分けた。最初の一切れをスプーンで皿に載せ、それから次々と皿に載せていった。おいしそうに見える。だが、アンジェラが作ったとなると、口に入れるまで安心できない。

当たって砕けろ、ヘイミッシュは思った。用心深く一口食べてみる。

「おいしい！」

何とおかしなクリスマスだろう。アンジェラが生まれて初めてまともな料理を作った。ギャラガーさんとミスター・マクフィーはバード・ウォッチングが共通の趣味だとわかり、盛んにおしゃべりしている。厳格なキリスト教信者であるカリー姉妹は、この世の罪についてアンダーソン夫妻と楽しそうに語り合っている。モラグはアンジェラに彼女のクリスマスについて話し、メイジーはディナー・パーティーの成功に頬を染め、幸せそうだった。

「いったい今ごろ誰だろう？」

牧師夫人のミセス・ウェリントンがぶつくさ言った。

「電話に出ればわかるだろう」

辛抱強く牧師が言う。

ミセス・ウェリントンは受話器を取った。

「もしもし、ミセス・ウェリントン？　プリシラです」

「メリー・クリスマス。あなた今どちら？」

「ニューヨークです」

「まあ、信じられる？　お隣からの電話みたいに、はっきり聞こえるわ。お元気？」

「ええ、元気です。あのね、駐在所に電話してみたんですが。ヘイミッシュにハッピー・クリスマスを言おうと思って。彼がどこにいるか、ご存じありません？」

「小学校の先生のところに電話してみるといいわ。たぶんそこにいるから」

長い沈黙があった。

その後プリシラが言った。

「彼女の電話番号、わかりますか？」

「ちょっと待って。私の手帳を見てみるから」

「誰からだい？」

「プリシラよ。ヘイミッシュと話したいんですって。小学校の先生の電話番号を教えてあげるわ」

「そこにいると言わない方がよかったんじゃないか?」

「あら、なぜ?」

牧師はため息をついた。

「あんたにゃわかるまいよ」

牧師夫人は戸惑ったように彼を見たが、番号を探し当てて、また受話器を取った。

「まだつながってる? 番号はロックドゥ6071よ」


学校の宿舎では食卓がかたづけられ、居間で、歌ったり踊ったりのケイリー(スコットランドの歌とダンスの夕べ)が始まった。カリー姉妹がストーブの前の席に陣取り、金切り声で歌っている。

「コーヒーをいれるわ」

「手伝うよ」

最後のチャンスだわ、メイジーは思った。彼女はヤドリギの枝の下で立ち止まり、ヘイミッシュを誘うように微笑んだ。彼は彼女を抱いて微笑み返す。メイジーが頭をのけぞらせて、目をつぶった。ちょうどそのとき、電話が大きく甲高い音を立てた。

ヘイミッシュは彼女を離した。

「電話に出た方がいい。私がコーヒーをいれてくるよ」

内心悪態をつきながら、メイジーは電話に出た。

「プリシラ・ハルバートン・スマイスです」外の雪のように冷たい声が聞こえた。「ヘイミッシュ・マクベスと話したいんですが」

「近くにいるか見てきます」

メイジーはツンとした声で答えた。

「誰から?」

ヘイミッシュが聞いた。

「あなたによ」

メイジーはみんなのところへ戻った。

電話は宿舎の小さな玄関ホールに置かれていた。ヘイミッシュは受話器を取り、機械的に言った。

「ロックドゥ警察です」

「私よ、プリシラ」

ヘイミッシュは受話器を握りしめて床に座り込んだ。

「君か、ニューヨークはどう？」

「あら、知ってるでしょ、いつも通りすごく忙しくって、エネルギッシュよ。友だちとディナーに出かけるところなの」

「ちょっと遅くない？」

「そちらより五時間遅れよ、でしょ？」

「ああ、そうだね。メリー・クリスマス。どうしてここにいるってわかったんだい？」

「メリー・クリスマス、ヘイミッシュ。ミスター・ジョンソンが、あなたが小学校の先生に言い寄ってるって、教えてくれたの。だから、そこにいるんじゃないかと思って」

「なんで彼はそんなことを言ったのかなあ？　ただの友だちだよ」

「二人っきりの楽しい夜なんでしょ？」

「いいや、大勢いるよ。私もそのうちの一人なんだ。どういうわけか教えてあげるよ」

ヘイミッシュは、猫のこと、クリスマスのイルミネーションのこと、老人ホームのコンサートのことを話した。

「おもしろそうね」

「新年には戻ってくるのかい？」

「いいえ、あと六か月はこちらよ」

「じゃあ、殺人事件が起こって、私のワトソンがいないとなると、どうすればいいかな？」

ヘイミッシュがからかうように言った。

「私の電話番号を教えるわ。いつでも電話して。書いておいて、住所もね」

「ちょっと待って」ホールのテーブルの上にメモ帳とペンがあった。「さあ、言って」

プリシラは電話番号と住所を教えてから言った。

「このごろ合衆国へ来る安い航空便のチケットがいっぱいあるわ、ヘイミッシュ。いつだって飛び乗ればいいだけよ」

「そうだね、いつでも行けるね」

ヘイミッシュは幸せな気持ちで答えた。その瞬間は、預金残高の状態を全く忘れていた。

「どうしてロガートのご家族のところへ帰っていないの？」

ヘイミッシュは粉石鹸のキャッチコピーに当選したことを話すと、プリシラは笑った。

「あなたの声を聞けてうれしかったわ、ヘイミッシュ。また会えるのを楽しみにしてる」

「ああ、先のことはわからないが」

二人はもう一度メリー・クリスマスを言い合い、さようならを言って電話を切った。

メイジーはヘイミッシュが部屋へ入って来るのを見た。彼の顔は内側から輝いているように見えた。

「今夜みなさんにどこに泊まっていただこうか話していたの。こんなひどい天気の夜にギャラガーさんがお家に帰るのは無理だから、アンダーソンご夫妻がご親切に、彼女とミスター・マクフィーを泊めてくださることになったの」

「スモーキーはどうなるの?」

モラグが心配そうに聞いた。

「スモーキーは大丈夫。餌と水を十分置いてきたから」

ギャラガーさんが言った。

パーティーはお開きになった。ヘイミッシュは他の人たちと一緒に宿舎の外へ出た。雪は止み、きらきら光るイルミネーションの下に積もり、白くきらめいていた。

メイジーはみんなが去っていくのを見送り、家に入ると、以前つれなく振ったボーイフレンドに電話を掛けた。

ヘイミッシュは駐在所まで歩いて帰った。疲れていた。鍵を取り出して台所のドアを開けようとかがんだとき、中からかすかな物音が聞こえた。ランドローバーに戻ると、武器にするがっしりしたスパナを取ってきた。そっとカギを開け、ドアを開けると、台所の明りを点けた。小さな犬がトコトコ彼の方へやってきて、ズボンの匂いを嗅ぎ始めた。首輪にラベルが付いている。子犬の横にしゃがんで、ラベルの文字を読んだ。

「ヘイミッシュへ、アーチーより、メリー・クリスマス」

ヘイミッシュはうめいた。アーチーは台所のドアの上の樋の中に駐在所のスペア・キーが置いてあるのを知っている。ヘイミッシュがインヴァネスにいる間に、犬を連れて中に入ったに違いない。彼はもう犬を飼いたくなかった。一度犬の死で胸のつぶれるような思いをすると、もう二度と飼いたいとは思わないものだ。その犬は雑種だった。小さくて、毛むくじゃら、耳が垂れて、青い目。ヘイミッシュはこれまで青い目の犬を見たことがなかった。犬は彼の手をなめ、跳び上がって顔をなめようとした。

「何か食ったか?」

ヘイミッシュが言うと、犬は太く短い尻尾をちぎれるほど振った。

「何かあげよう」ボウルに水を入れ、食糧戸棚の中を捜した。それから、外の冷凍庫にステーキがあったのを思い出した。解凍して、火を通し、犬用に細かく切ってやった。どっと疲れを感じた。ベッドの用意をすると、うつぶせに倒れこみ、夢の中へ迷いこんだ。ニューヨークの五番街をプリシラと腕を組んで歩いている夢の中へ。

そのとき、事務室の電話が鳴った。目を覚まし起き上がった。犬がベッドの足元に座って、奇妙な青い目で彼を見ている。電話をそのまま鳴らしておきたい誘惑にかられた。留守番電話が用件を聞いてくれる。だが、彼は荒れた天候を思い出した。誰かが野原で行き倒れているという知らせが入る恐れがあった。

事務室に行き、受話器を取った。ストラスベインのジミー・アンダーソン刑事からだった。

「君か？　ヘイミッシュ、とっとと尻を上げて、ツリーとイルミネーションを取っ払った方がいいぞ」

「なぜだ？」

眠すぎて、イルミネーションなんて知らないと言うところまで気が回らなかった。

「ノーザンにシンクレアという男がいるだろう。誰かがそいつにロックドゥでツリーが光ってるって言ったんだ。やつは、それはやつのイルミネーションだってカンカンだ。鑑識のやつらが、君がそれを駐在所に運ばせたと言ったんだ。ブレアがそれを聞いちまった。朝一番で現場にとっ捕まえに行くつもりだぜ」

「そんなことできるもんか、道路が封鎖されているんだぞ」

「ヘイミッシュ、ブレアは今度こそ君をぶっつぶすつもりだぞ。ヘリコプターを借りる相談をしてる。彼は一日中飲んだくれてた。俺はクリスマス・ツリーごときにヘリコプターを使って、どえらい金をかけるなんて、警視がカンカンになるぞって言ってやったが、頑として聞かないんだ」

「なんとかする」

ヘイミッシュは急いで服を着て、村中に電話をかけ始めた。

ヘイミッシュは仲間の漁師たちと夜通し働いた。イルミネーションを取り外し、慎重に箱に詰め直し、ツリーを倒して、駐在所の裏の壁に立てかけた。他の村人たちも手伝いにやって来た。ヘイミッシュが困った羽目に陥っているという知らせが家から家へ飛ぶように広まったからだ。彼の上司の警部が「神の怒り」のように空から降臨しようとしていると。

雑貨屋のミスター・ペイテルまで作業に加わり、イルミネーションを箱から出した痕跡が一切ないよう、きちんと収まっているかどうか確認した。

ついに作業が終わり、みんなが駐在所になだれ込んで、お祝いのパーティーを始めた。

ヘイミッシュが犬のことを話したので、ミスター・ペイテルは彼にドッグフードの缶をプレゼントした。

「名前はどうする?」

アーチーが聞いた。

ヘイミッシュは、もう犬は飼いたくないと言いたかったが、犬が彼を見ている。彼も犬を見返して、言った。

「どうするかな、どこでそいつを見つけたんだ?」

「その哀れなチビは荒れ地をうろついていたんだ」アーチーが言った。「ヘイミッシュにぴったりだと思ったのさ」

「だけど、アーチー、誰かがこいつを捜しているかも知れないぞ」

「いや、そうは思わん。こいつ、道路を走り回ってたんだ。車の窓から捨てられたみたいに。フランクと呼んだらどうだ?」

「何でフランク?」

「オールド・ブルー・アイズ、知ってるだろ? フランク・シナトラの」

「フランク」

ヘイミッシュは犬に呼び掛けた。「気に入らないようだよ」彼はアーチーに言った。

他の漁師が笑いながら言った。

「あのラグズ(耳たぶ)を見ろよ」

犬の耳はだらりと垂れていた。

「どうだい?」ヘイミッシュは犬に言った。「ラグズという名前は?」

犬は尻尾を振って、片足をヘイミッシュのズボンの脚に載せた。

みんながグラスを挙げた。

「ラグズに!」

「シー!」ヘイミッシュは黙るようにと手を上げた。台所のドアを開け、外へ出た。空は薄灰色に変わりかけている。近づいてくるヘリコプターの音が聞こえた。

「来たぞ、みんな!」

漁師たちは駐在所からさっと退散し、ヘイミッシュは制服に着替えた。

ブレアはヘリコプターの中で、前方へずり寄った。「イルミネーションが見えるか？」

パイロットに向かって怒鳴った。

「何にも。家の灯りだけです！」

パイロットが怒鳴り返した。

ブレアの酔いは急速に醒めていった。かすかな恐怖が忍び寄り、胃がしくしく痛みだした。

「湖岸に下りろ！」

彼はわめいた。

パイロットはチゾムのバスの横に着陸した。ブレアはヘリコプターを降り、まだ回っている翼の下をくぐった。湖岸をあちこちねめつけたが、たった一つのイルミネーションもまばたいていなかった。

ブレアは駐在所へ向かい、ずかずかと中へ入っていった。ヘイミッシュは、きちんと制服を着て、駐在所の机に向かい、パソコンに何か打ち込んでいる。

「あのイルミネーションはどうした？」

ブレアが問いただした。

「ノーザンのイルミネーションですか?」ヘイミッシュが無邪気に聞き返す。「ごらんのとおりです。警部。箱また箱の山ですよ」

ブレアは箱の一つを破り開け、中のきちんと梱包されたイルミネーションをにらみつけた。

「その箱について報告しなきゃなりません。あなたが証拠を破壊したと」

ヘイミッシュが言った。

「おい、マクベス、村中にイルミネーションが吊るされていると通報を受けたぞ」

ヘイミッシュはそれらしく驚いて見せた。

「いったい誰がそんなことを言ったんでしょうね?」

ブレアは足を踏み鳴らして駐在所を出た。家から家へイルミネーションを見たものがいないか尋ねて回ったが、誰もが首を振った。

彼は不安と怒りに我を忘れて駐在所に戻った。ヘイミッシュが電話に出ている。

「ちょうど良かった、ダヴィオット警視から電話です」

「いったい全体ヘリコプターを持ち出したのはどういう了見だ?」

ダヴィオットががなり立てた。ブレアは、ロックドゥにコカインの密売所があるという情報を聞いたとかなんとか嘘をつこうとしたが、ダヴィオットは無視して続けた。

「マクベスが窃盗で押収したクリスマスのイルミネーションを村中に付けたのをお前が聞いたからだと、ストラスベイン中が噂してるぞ。それで、それは本当なのか？」

「いや、何もありません。しかし……」

「聞け！　パイロットはクリスマスの割り増しで二倍の料金を請求しているぞ。それはお前の給料から差し引かにゃなるまい。すぐ戻れ！」

ブレアは電話を切り。駐在所のドアまで行くと「これで終わりだと思うなよ」とすごんだ。それから、足元を見てカンカンに怒ったが、その表情が何とも滑稽だった。ラグズが彼の靴の上におしっこをかけていた。

ブレアは犬を蹴ろうと足を上げたが、ラグズはヘイミッシュの机の下に逃げ込んで、彼のブーツの上に寝そべった。

ブレアはピシャピシャ音を立てながら出て行った。

「出てこい」ヘイミッシュは犬に言った。「なあ、わかるか、ラグズ。結局お前を飼うことになりそうだ」

「メリー・クリスマス、ちっちゃい可愛いワンちゃん。最高のクリスマスだ！」

訳者あとがき

冬の間、昼間の数時間しか明るくならないスコットランド、ハイランド地方北部のサザーランド。本書はそんな極北の小さな村ロックドゥの駐在所の一巡査ヘイミッシュ・マクベスを主人公とするクリスマス・ミステリーです。

作者はコッツウォルドを舞台にしたアガサ・レーズン・シリーズでおなじみのM・C・ビートン。このヘイミッシュ・マクベス・シリーズもすでに20冊以上刊行され、テレビドラマにもなっている英国では大人気のシリーズですが、どういうわけか日本ではこれが初お目見えです。

湖（スコットランドなのでlakeではなくlochと呼ばれます）、雪を被った険峻な山々、荒野、そして湖に沿った小さな村々の美しいエキゾチックな風景と、そこに生きる人々の生き生きとした生活が描かれた魅力満載のミステリーです。

しかし本書はシリーズ中でもちょっと異色です。というのも警官が主人公なので、シリーズでは毎回血なまぐさい殺人事件が起こるのですが、本書ではミステリーには必須の残酷な事件や恐ろしい出来事は何一つ起こらず、猫が一匹行方不明になり、クリスマス・ツリーが盗まれるだけ、しかも、ちょっと愉快なオチのついたハッピー・エンディング・ストーリー。ミステリーと言って良いのかどうか？

主人公のヘイミッシュ・マクベスは輝く赤毛の、ハンサムな青年、難事件をいくつも解決している有能な警察官なのですが、野心というものが全くなく、小村の巡査から昇進するのを嫌がる変わり者です。彼の恋愛事情、個性的な村人たちの行動や、日本人にはあまり馴染みがなく興味をそそられる、この地方の文化や習慣、宗教的背景、さらには老人問題、子どもへの虐待問題まで、さまざまな要素が巧みに織り込まれていて、とても奥深く、またクリスマスにふさわしいハート・ウォーミングな読み物になっています。満天の星が暗い湖面に反射してキラキラ輝く冬のサザーランドへご案内しました。読み終わられて、きっと極北の小さな美しい村へ行ってみたくなるでしょう。

二〇二〇年秋

松井光代

著者プロフィール

M.C. ビートン

1936年、スコットランド生まれ。2019年12月30日没。推理作家。1979年のデビュー以来、ロマンス、ミステリなど多くの作品を生み出している。1985年にM.C. ビートン名義でスコットランドを舞台にしたミステリ「ヘイミッシュ・マクベス巡査」シリーズを発表。BBC スコットランドによりテレビドラマ化され、高視聴率を記録した。

訳者プロフィール

松井 光代（まつい みつよ）

奈良県生まれ。大阪大学大学院文学研究科独文学修士課程修了。公立高校の英語教諭、奈良女子大などのドイツ語講師を経て、英日、独日の翻訳家となる。訳書に、『顔をなくした少年』（新風舎）『天使が堕ちるとき』『ローン・ボーイ』（以上、文芸社）『あの人はなぜウンと言わないのか』（朝日選書）などがある。

ハイランド・クリスマス

2020年11月15日　初版第1刷発行

著　者　M.C. ビートン
訳　者　松井 光代
発行者　瓜谷 綱延
発行所　株式会社文芸社
〒160-0022　東京都新宿区新宿1－10－1
電話　03-5369-3060（代表）
03-5369-2299（販売）

印刷所　株式会社フクイン

ISBN978-4-286-21244-9